姑娘、前方有狼

刘小备◎著

献给那些在我们的人生里曾经璀璨怒放，如今在奔三的道路上前仆后继的生命。属于每一位80后的情感成长史，献给奔三的80后。

中国青年出版社

（京）新登字 083 号

图书在版编目（CIP）数据

姑娘，前方有狼 / 刘小备著 . — 北京 : 中国青年出版社 , 2012.3
ISBN 978-7-5153-0560-8

Ⅰ . ①姑… Ⅱ . ①刘… Ⅲ . ①长篇小说 - 中国 - 当代
Ⅳ . ① I247.5

中国版本图书馆 CIP 数据核字 (2012) 第 017294 号

姑娘，前方有狼

作　　者　刘小备
责任编辑　侯庚洋
策划编辑　一　航
文字编辑　张景思
视觉指导　李俏丹
版式设计　谢　滨

出　　版　中国青年出版社
社　　址　北京东四十二条 21 号
邮政编码　100708
网　　址　www. cyp. com. cn
发　　行　中国青年出版社
电　　话　（010）57350370
经　　销　新华书店

印　　刷　三河市君旺印装厂
规　　格　700 毫米 ×1000 毫米　1/16
字　　数　110 千字
印　　张　13
版　　次　2012 年 3 月北京第 1 版
印　　次　2012 年 3 月北京第 1 次印刷
印　　数　10000 册
书　　号　ISBN 978-7-5153-0560-8
定　　价　19.80 元

本图书如有印装质量问题，请与出版部联系调换
联系电话　（010）57350337

目录

Contents

第一章 关于秋天的记忆

岁月已逝，我依然会在彼岸遥望你曾用青春给我写的昨天，那些年，我们都有过爱情，也都有过如今再不提起的梦想。关于明天，它已经来到，谁也不去说它是否有当初我们期待的容颜。但是，如今我只想知道，好久不见，你，还好吗？

——艾宝。婚礼前夜。

2007 年 10 月，秋凉。

路粉粉打电话把我和召娣都叫到了南京，说文青出事了，让我们去和文青聚最后一次。然而没想到一见面就演变成一场煽动文青离婚的大动乱。

我和路粉粉还有召娣像三个大法官站在文青的对面，用义正辞严的严肃腔调对她说：“你到底敢不敢跟他离婚？”文青低下头，又摇了摇头，然后坚定地说：“我不离。”

文青说话的样子让我一下子想起了八年前的秋天，我和路粉粉还有召娣像三个女流氓坐在文青的对面，用高傲的摸不着边际的语气对她说：“你到底敢不敢跟我们一起？”文青犹豫而又艰难地思考了半天，就在我们要放弃的时候，她说她敢。于是那天晚上，真正的月黑风高时分，我们像四个车轱辘滚出了校园的围墙，滚进了一大片西瓜地，然后每个人抱着一个西瓜压着狂笑的嗓音缩进墙角，一直吃到肚皮胀疼。然后文青正式成了我们这一小撮里的一份子。后来我们四个人有了响当当的名号——后现代四人帮！

此时，文青说完这句话眼神忧郁地看了一眼她怀里的孩子。孩子刚刚满月，粉嫩得叫人心疼。

就在我抬起手想指着文青再骂她几句的时候，文青忽然抬起头望着我们，用淡然的口吻说：“不要都只是会说我，粉粉你当年把他捉奸在床的时候是怎么说的？召娣你有本事别躲，你有本事你分手啊？”终于轮到说我了，我得意地看着文青，因为我实在没有什么在感情上要孬种的把柄在文青手上，结果，她竟然说：“艾宝，你不要觉得你没什么可让我说的，你一个连恋爱都不敢谈的女人真的没资格在这里说我。”

接着我不顾粉粉和召娣的阻拦，头也不回地从文青那个租来的狭小得不敢被人知道的小房子里奔了出来。

出来之前我对文青说：“你这个没用的，以后别说你认识我！”

等我走出那个房子我才想起来这话是两年前召娣对粉粉说过的，一模一样，原因也是男人。

其实我之所以如此流畅以至于显得有些迫不及待地从文青那里离开是因为我要赶飞机去广州见一个人。

我接到消息，哈悠明天路过广州。哈悠是曾经坐在我旁边的文弱白净的小男生。

我一定要见哈悠！

我有必须要见他的理由。那理由就像是夏天傍晚潮湿的热风，让人夜不能寐。

广州。

秋初傍晚的风，带着清爽的凉意，但是我依然燥热，就像我此时望着哈悠的眼神。大学四年加上毕业后一年，我与哈悠已五年未见。他略显刚毅的侧面好像在提示我五年的时间就像王母娘娘的发簪，在我和他之间划上了一道永不可逾越的鸿沟。

哈悠手里把玩着我递给他的烟，没有点，然后他低下头看着我露在凉鞋外面的涂了红色指甲油的脚趾，缓慢而又深情地说："你知道这世界上最快乐的事是什么吗？"他说完没有看我，更加没有等我回答，然后就说了答案。

他说："就是你已经长大而自己却不知道。"

这就是分别五年之后我和哈悠之间纯粹地带着季节的温度和杂乱的情感的对话，在我们彼此说了好久不见又沉默了两分钟之后，在哈悠说了这句话之后，我假装身上的电话震动慌忙掏出来一边说一边往远处走，然后我没有再回去。

其实我当时在走远之后有在某个时刻后悔，当时我转身，隔着哈悠看不见我的距离和人群，用五年前我曾用过的眼神，痴痴地望着哈悠足足有五分钟。而在这五分钟里，哈悠点燃了我给他的烟，吸了一口，然后他被呛得直咳嗽，再然后，我看见他擦了一下眼睛——大概是呛出了眼泪。在我驻足痴望他的五分钟里，他一直没有转过头来看我，他好像知道我一定不会再回去了，又好像知道我必定会回去。

五年了，哈悠还是那样，沉默。

我转身离开，并决定再也不回来。

当时我有些迫不及待地给路粉粉打电话。

我说："粉粉，我可能爱上哈悠了。"

粉粉的反应叫我意外，因为她一点也没有惊讶，她用一种意料之中的嘲笑口吻说："你难道不是一直都爱着他的吗？"

但是我惊讶了，我呆立在广州街头，愤然反问："怎么我不知道？"

"你现在知道也不算晚！"

"晚了，粉粉，你不知道，真的晚了，刚才我就是知道晚了所以我才逃走了。好吧，我告诉你，上个月，我已经结束单身时代了，我答应了兔牙做他的女朋友，而且是朝着结婚的方向。"兔牙是我大学时的铁哥们，我帮他追过女生，他帮我介绍过帅哥。

终于，也轮到粉粉惊讶一次了，她在电话那头咆哮一般地啊啊直叫，不住地问这是真的吗这是真的吗。等到她终于平静下来愿意听我说一句话的时候，我淡淡地说：“骗你的。”

路粉粉啪地就挂了电话，然后我在路人诧异的目光中哈哈大笑。我终于还是赢了路粉粉。

我赢了路粉粉的代价是我对她说了谎话。而那句骗你的才是真正的谎话。

到底是从哪一年开始的？很多事就都变得无法掌控了。

比如兔牙那天明明正在电话里向我描述法国的梧桐和长在中国的法国梧桐有什么不同，忽然他就笑着说：“宝，你做我女朋友吧！”我竟然连一秒钟的迟疑都没有，用一种非常自然的衔接方式说：“好啊！”

于是我就做了兔牙的女朋友。

虽然我成为兔牙的女朋友这件事已经过去有近一个月了，但是因为他一直在法国出差，我们却连手还没有牵过。也就在见到哈悠的这个傍晚，我忽然开始联想假如兔牙牵着我的手，那会是什么感觉？做了兔牙五年的哥们，忽然我们不约而同地吃起了窝边草，我不知道如果我和他亲吻，是不是能闻见自己昨夜遗留在窝边的尿味！

可是现在，在我已经有了身份——兔牙的女朋友——的时候，我发现我爱上了哈悠，或者，我其实一直都是爱他的，只是直到现在才知道。

秋风吹起了记忆里的落叶，就在此刻，在他乡的街头，我想起我略略迟钝的青春，想起我浅浅脚印的爱情。

那年，我们都读高中。那时候每天都要收到十几封情书的路粉粉是我们共同羡慕又鄙视的对象，我和召娣还有文青总是一边骂着路粉粉这小妖精又勾引了一个，一边把头挤在一起看看每个信封里到底装的是什么形状的心。

“且，又是老一套！”我们总是在最后看完时共同发出这样一声感叹。

这时候路粉粉脸上的微笑和平时一样，她已经在无数封情书的锻炼下变得处变不惊临危不惧了，像这种肉麻的无耻的毫无边际的天真烂漫的表白在路粉粉眼里简直跟白米饭一样，平常平淡没有惊喜。微笑中的路粉粉很熟练地将信撕成无数碎片，用非常潇洒的姿势将它们统统扔进了垃圾箱，然后拍拍手，说：“今天中午吃什么菜？”

“粉粉，你今天怎么没有把碎纸片扔向风中？”文青看着垃圾桶里的一堆残尸碎骨表示了她的疑问。

路粉粉用眼神示意了一下，然后我们三个才发现就在不远处，正站着本校最尽责的卫生委员长路小天。

“我真的不想再被他抓住了，我扔一次他抓一次，抓一次就罚我扫一次，每次还都要看着我扫完，真是没面子。想我怎么着也是本校一枝花，就这么被他践踏了。”

我咳嗽两声，说：“粉粉，虽然咱文学水平不高，但是请看在你如花似玉的年龄的份上，注意用词。本校一枝花怎么也要有点内涵，如果你实在没有内涵，那就不要把内在展现给人看了。”

于是，我们三个终于可以有一个合适的理由大笑着对路粉粉进行了统一的鄙视。

这真是一件很爽的报复性行为。

当然，以上这句话是路粉粉说的。

召娣特别讨厌路小天，这种讨厌来得莫名其妙，虽然多年以后事实证明了召娣的嗅觉带有着诡异的情绪灵敏度，但是在当时，我们确实，真的，差点，就以为召娣是喜欢路小天的了，或者路小天是喜欢召娣的，所以他才每次都拿整路粉粉为由来接近召娣。

这真是很混乱的逻辑，路小天为什么不直接整召娣呢？那样不是来得更直接更简单？

可是青春其实就是让你把简单的事往复杂了想，比如那些情窦初开，如今看来就是荷尔蒙在成长的身体里开始首次发挥作用以测验一下你的身体神经是不是正常，可是我们却要思来想去，你说这到底为什么就喜欢了呢，到底喜欢什么呢，到底可不可以喜欢呢……

青春就在那些无谓的关于对爱情对家国情仇的思考里悄悄的呼啸而过。

路小天当时看见路粉粉没有把碎纸片扔在风里，脸上显出了胜利的微笑，但是我似乎看见有种怅然若失的感觉从路小天的眼角一闪而过。

那时候我们才读高一，路小天作为一个莫名其妙的人物忽然以一种最特别的姿态出现在了我们的面前。首先，一般出现在我们面前的基本上都是路粉粉的追求者，而路小天不是。其次，一般如此关注我们的基本上就是班主任和教导主任以及校长这些学校卫士，而路小天不是。最后，一般总是和我们作对的或者作对完又忽然消失再忽然出现又忽然消失的都是女生，而路小天不是。但是路小天集合了这三者的精华。真是个神奇的人物啊！

路小天的神奇还在于他用他的决心和毅力让路粉粉彻底地养成了一个废弃物统统扔垃圾桶的习惯。

这习惯有多彻底？

有一次我们一起去逛街，路粉粉在街上用面纸擦了把鼻涕，但是到处找来找去就是没找到垃圾桶，于是路粉粉就一直在手心攥着那团包着鼻涕的面纸和我们一起逛街一起吃东西一起试衣服，她甚至在试衣服的时候拜托召娣帮她拿一下那团鼻涕纸。召娣当时笑得差点没背过气去。

想到这个情节，我一个人，像个神经病一样在街头大笑不止。

整整八年过去了，八年没有改变当年的一丝一毫，那些欢笑和哀愁如今想来还是那么沁人心脾。

这个时候我收到哈悠的短信："艾宝，我决定留在广州。"

哈悠的短信像一颗炸弹，炸得我精神瘫痪。

少顷，我给木子打了个电话，我说，亲爱的木子，我要走了。木子是我高中同学，大学毕业后跟我一起到广州闯天下。

木子问我去哪里，我说法国，我说我要去法国开始我浪漫的初恋。

第二天，我到了公司就辞职了。

经理对于我这种毫无预兆的离开很是诧异，问我到底是为了什么。

我想了想，觉得总不能告诉他我为了一个男人，或者说我为了躲避一个男人，而理由是我可能会爱上他，所以我要离开，我要躲得远远的。

于是我说，我要去追求理想了，我活这么大终于发现我还有理想，我要在我自己还记得自己的理想的时候为之奋斗，这样，当我满头白发回首往事的时候不至于因为碌碌无为而悔恨，无论这理想是不是能实现，我努力了，不后悔。

经理说，你都多大了你还理想，你能现实点吗，你能成熟点吗？安安分分地工作挣钱，然后结婚生子，才是一个在青春尾巴上飘摇的女人应该走的道路。

我摇头，我说不，我说我一定要去追求理想，哪怕粉身碎骨。如果有一天我没男人要了，我就嫁给理想。

经理很无奈地批准了我的辞职，最后他问我，你的理想是什么？

我想了又想，最后我对他说："我的理想是做一名作家！"

经理不屑的眼神告诉我这句话对他来说有多荒谬。

但是我在拿着我的离职通知书离开之前对他解释说："不是写作的作，是作乱犯科的作！"

然后我就那么潇洒地离开了。

其实就在离开的那一刻我也还不知道自己要到哪里去，我只知道我要离开，离开是我的目的，至于去哪里，有什么重要？

我从没想过去法国找兔牙，之所以对木子这么说是怕她骂我，因为是我把木子拐骗到这个城市来的。

去年，大学刚毕业，我孤身一人在广州游荡，这时候木子正在上海寻找出路，于是我给她发了个短信：此地钱多，人傻，速来！

木子很快就来了，结果她还没出火车站钱包就不见了踪影。当时她瞪着我，还没等她质问，我立即表明，这恰恰是这里的可贵之处，所有人总是能挖空心思地想到把别人腰包里的钱变到自己腰包里的办法。木子一听就笑了，然后从贴身小口袋里摸出几张红钞，说咱一走江湖的，鸡蛋都是分开放的！

我当时拍着木子的肩膀，说："你这特质和这地方实在是太合拍了！留下！必须的！"

如今，木子真的留下了，而我却说要离开，我担心木子真的怀疑我是市政府的托，把人才拐卖进来，然后撒手不管。

就在我辞职之后，木子终于意识到情况不对，给我打电话，说："艾宝，你骗我的吧？你的初恋小情人不过是去法国出差，你至于要辞职了去找他吗？你到底是想干什么？"

"木子，我说实话吧，哈悠来了，我想，我必须要走了。"

"什么狗屁逻辑！"

"嗯，我的人生就是一场狗屁的逻辑。"

我从广州离开，直奔北京。

从国度之南到国度之北，我知道，其实我确实还有那么一点可怜的梦想。

眼见着青春越来越苍老，那是因为梦想总是在乱七八糟的生活房间里被遗忘在角落，落满灰尘。我想趁着最后梦想还没有衰竭，挠一挠青春的痒。

可是我的青春要从何说起呢？

从路小天开始追路粉粉说起，还是从三子转到我们学校说起？

第二章 青春的情书

三子原名叫什么我竟然已经想不起来了，因为当年大家一直都叫他三子，加上后来他从我生活里长时间的销声匿迹，我能记得的只是他叫三子。

三子曾经是我幼儿园的同学。这事的渊源可真够长的，好像幼儿园的时候我们还同桌过。三子转到我们学校的时候我一下子就认出他了，他还保有幼儿园时的那种腼腆和羞涩，一个永远都不敢正视女生的男生。

三子好像也认出我了，但是他没有和我打招呼，那么我自然也就没有和他打招呼，我不想表明我还记得一个幼儿园的小朋友，这显得三子实在是太重要了。

但是三子转来第二天做的一件事就让我目瞪口呆，终于明白那些腼腆啊羞涩啊低头不语啊都是表象，幼儿园时的特征还能一直保持到现在的估计也就只有性别了。三子彻彻底底地变成了一个“坏男孩”。

那天三子把班里的一个女生骂了，具体原因不祥，据说是那个女生甩鼻涕的时候把鼻涕弄到他新买的外套上了。三子当时对着那女生劈头盖脸的一顿狠骂，一点情面都没留，也就因为这顿骂，三子彻底地奠定了他在班级里男生帮的地位。

没有一个男生同情那个女生，因为他们都想骂那个女生很久了。那是一个在班级里从来都没人搭理，连鬼见了都想躲的女生。

三子就是用这种极快的速度融入到了集体中，从此就一直看见他和几个男生经常性地出入校门口的那家小饭店。再后来，像打群架、旷课、迟到、早退这种事在三子身上就屡见不鲜了。

我和召娣路粉粉还有文青背地里没少议论这帮不服管教的学生，我们议论的时候愤慨、激昂，恨不得拿着教鞭抽他们。然而事实上是因为我们真正羡慕他们的自由和连老师都不怕的胆量。

那时候我们时刻预备着干点坏事，然而最终不过是小打小闹，顶多敢在路边采朵小花，再升级点就是在校园的花坛里偷株小花苗。像偷西瓜那种事，千年等一回，而且还是作为文青的入会仪式来举行的。

所以，我们总是向往三子那种洒脱不羁的模样。

有时候她们开始讨伐三子的时候我偶尔也会替三子说几句好话，比如三子是个没有妈妈管教的可怜的孩子，三子是被他的兄弟姐妹排挤的可怜的孩子，三子还几乎是个没有家的可怜的孩子……每每她们听到这些又都会长吁短叹，说那么三子真是不容易了。

其实我都是瞎编的，我哪里知道三子的那些事，只是因为我说过三子是我的幼儿园同学，所以我觉得我有必要向她们展示一个资深的幼儿园同学应该知道的情报。

直到有一天，文青收到了三子递来的情书。

三子在情书里写到了他的家庭，他说自己是个没有妈妈管教的可怜的孩子，是个被其他兄弟姐妹排挤的可怜的孩子，是个几乎没有家的可怜的孩子……

我震惊了……

但是召娣和路粉粉还有文青则一副早已了然的模样，说："果然是啊！”

当然，这不是重点，重点是，文青要怎么处理三子的表白。

不得不说，三子的眼光不错。

虽然文青没有路粉粉漂亮，但是文青身上又有着路粉粉缺失的味道，那种味道，叫清高。

文青几乎都没有问我们的意见，就直接将这一起表白事件置之不理了。

三子的表白敢死队全军覆没。

但是这一点也不影响三子对文青的追求。三子在任何一个可以表达感情的机会里大肆示爱，甚至是考试的作文里。

有谁敢在期终语文考试的作文里洋洋洒洒地写几千字却只是对一个姑娘示爱的主题？也许只有三子敢。那时候三子的那份考卷被全班疯狂传阅，所有人都心领神会啧啧赞叹又不明白张扬。

真是浪漫。

比起路粉粉的粉丝团的那些追求，三子的手法真是浪漫至极。

我当时都想劝文青接受三子了，但是我还是不敢把话说满，我说：“虽然我是他的幼儿园同学，但是，你知道，人是会变的。”我的意思是，三子在我的印象里是个不错的三子，但是如今这现实里就要另外再考察了，所以到底要怎么处理还是要看文青自己。

就在所有人都为三子着急的时候，文青还是老样子——置之不理。

我们问过文青她到底在想什么。文青只是很简单地回答：“没感觉。他不是我喜欢的类型。”

那时已是2000年的夏天。

我们高二。

我怀疑三子是找过李水来做说客的。

李水是三子哥们之一，是木子从幼儿园至今都一直同班的同学。我常怀疑李水和木子有一腿，但是那时候李水又有一个漂亮的小女友，是我们的学妹，于是我这种猜想只能夭折。

李水曾在我面前很随意地说："三子是真的很喜欢很喜欢文青，三子说了，不管文青喜不喜欢他，他都会一直喜欢她，他要一直追文青，追到文青接受他为止，不管到什么时候。"

于是我当然又把这句话传给了文青。

路粉粉应该对文青和三子的事更加清楚，她整天神神秘秘地笑，于是我怀疑三子和文青开始恋爱了。因为文青也开始行动诡异起来。

然而事实证明我错了，文青的恋爱迹象有些模糊，但是对象却不模糊，竟然不是三子，是文青一个以前的同学。

我有过那么一段时间，因为文青恋爱的对象不是三子而感觉到深深的遗憾，这遗憾的原因竟然不是文青和三子多般配这种理由，而是因为三子和文青都是我的——熟人！看着自己熟悉的朋友谈恋爱，这也许是一件很鼓舞人心的事。

那时候他们问过我很多次，有没有喜欢的男生。

我想了又想，说没有。

我总不能告诉她们其实我一直在暗恋一个已经两年未见的男生，这样显得我多么胆小无力，不但搞暗恋这回事，还暗恋了五六年，暗恋了五六年就算了，都两年不见了也不知道换个人恋恋……我觉得这种事有损我的形象，那还不如回答没有比较好。

虽然后来长大很久我才明白谁的青春没有暗恋那回事，但是那时候已经晚了，我的暗恋终于结束，连说出来的必要也没有了。

哈悠就是在我的暗恋情结疯长的日子里走进我的视线的。

其实几年前我已经认识哈悠了，我想也许那时候他也是认识我的。因为有一次我在宿舍后窗口和对面的一群男生骂架的事几乎轰动了整个男生宿舍区，而那天骂架的对象就是哈悠的同班同学，所以，哈悠没有理由不认识我。

我认识哈悠则是因为当年，哈悠一直和那个我暗恋的对象走在一起。

那是我情窦初开的初中。

高中开学第一天我就看见了哈悠，我心想，这真是天意，也许多多少少我能从哈悠那里得到那个人的消息。

我第一次和哈悠说话的时候我坐在哈悠对面的课桌上，而哈悠正老老实实地坐在凳子上，转着手里的笔。

“我们一个初中，我认识你。”我对哈悠说。

哈悠抬头看我，推了一下眼镜，然后又低下头去。

我甚至不能确定他是不是哦了一声。

总之，我的勾搭完全没有成功，于是我就放弃了哈悠这条线路。

然而就在我放弃的时候，忽然有一天，哈悠忽然对我说：“我以前也认识你的。”

从此我和哈悠就成了朋友。

但是从我和哈悠成为朋友的那一天一直到如今，我从没有问过哈悠一个关于那个人的消息，像是故意回避，又像是真正遗忘。

就像现在，我再也不想去写下他的名姓，就让暗恋和他一起，随时光而去，化作尘土，滋养今时今日。

虽然我不想去承认，但是事实胜于雄辩，实际上我是一个乖到尘埃里的孩子，而且永远开不出叛逆的花朵。

充分地认识到这一点是从路粉粉的恋爱开始的。

路小天的迂回路线真的发生了效应，当他拦着路粉粉直接说你做我女朋友吧的时候，别说路粉粉，我们都震惊了。

原来真相是路小天对路粉粉图谋不轨。

当时路粉粉很天真地仰头问他：“凭什么啊？”

路小天很自信地说：“就凭我们都姓路！肥水不流外人田，你得做我女朋友！”

这句表白的牛逼程度足以让当时在路粉粉脚下仰望路粉粉的粉丝们吐血，最要紧的是就是这句话，就是这个看起来平淡出奇的人物，他赢得了路粉粉的芳心。我不知道这件事会不会让某些同志想回家改户口本，改投姓路的门下。

路粉粉宣布要恋爱了。

我紧张和好奇的程度有些过界，在我的内心里就好像是我自己宣布谈恋爱一样。如果说文青谈恋爱了，但是那毕竟是隔着那么远的距离，文青感受不到恋爱的事实，我们也感受不到。可是路粉粉和路小天不一样，这两人会肩并肩地从我们面前走过，他们偷偷拉着的小手多么激动人心。

对于路粉粉恋爱事件的情绪让我明白我根本没有勇气早恋。

我还没有准备好去牵一个人的手，我的概念里也还没有写清楚恋爱这两个字，至于什么喜欢和爱之类的字眼儿，对我来说，既高深又遥远。

所以我有些羡慕路粉粉，因为她敢。

其实，像我这种乖孩子，就是用来给大人骗的。

召娣一点没有因为路小天和路粉粉谈恋爱就对路小天的印象有所改观。召娣说像路小天这种男生一眼望去就是不安分。

我们都在等着不安分的路小天和同样不安分的路粉粉分手，然而这种局面一直都没有出现。

已经谈恋爱的路粉粉照样收着四面八方送来的表白信，这种事让我和召娣痛恨不已。因为像我和召娣这种还没恋爱也没人追的女生就收不到一封情书，情何以堪！

路粉粉青涩的模样和甜美的微笑都被各种情书收了走，我们只能在和路粉粉一起去澡堂子洗澡的时候才会大呼小叫："天那，多少罩杯？好大……啊！"

路粉粉对于我们的赞叹向来都逆来顺受。

从 1999 年到 2002 年，高中三年，这其中至少有一年半我们都整日厮混在一起：喂马、劈柴、关心粮食和蔬菜……

我们对于明天没有太多要求，我们当时的目标就是考上大学，然后再谈什么理想，从这里走出去，永远地走出去，不再回来，不要怀念，像勇士一样，为了自由而战。

召娣喜欢在吃饭的时候一边拿着馒头往嘴巴里塞一边摇头晃脑地批判高中生活，说我们都是高中生了怎么可以这么没有自由。召娣这种批判基本上一天要来上一次，这主要是因为班主任老头没收了她大把大把的信件。

召娣喜欢广交笔友。

然而这种痴迷一样的习惯，竟然真的能在班主任痴迷一样的拦截下渐渐消亡。

虽然召娣还是要批判这没有自由的生活，可是她真的再也没有给从未谋面的远方的不知道的谁谁写过一个字了。

召娣做过的最勇敢的事不是和我们一起去偷西瓜，而是当着班主任老头的面愤怒地说："不要以为我不知道你藏了我的信！"

但是那个老头当时双目怒睁，排着胸脯说："我堂堂人民教师，我还要藏你的信吗？我就是暂时替你保管！也没什么不可以吧？"

"那是我的个人隐私，你没权保管！"召娣说。

"我就非要管了你怎么样吧？等到你毕业的时候再一边感谢一边来要这些信吧！"

召娣当时真是无言以对，对于这种完全说不通道理的老头子，召娣妥协了。

不过后来毕业的时候老头没有还给召娣一封信，召娣也没有去要，甚至连提都没提一句。

我们也从来都没有真正看过老头把我们的信藏起来，只是听李水对大家说他曾打开过老头的办公桌抽屉，其中有一个抽屉里满满的都是信。

我们埋怨李水为什么不把那些信都拿回来，李水说反正没有一封是他的。

在我们都批评李水没有把老头抽屉里的那些信拿出来的时候木子在一旁笑而不语，满眼秋色地看着李水。

我再一次揣测，木子和李水确实是有点什么事的。

但是这时候李水却说："我约了女朋友，不和你们瞎扯了。"然后他就走了。

我见过李水的女朋友，而且不止一次。

有一次恰好是她被我们班主任老头叫去谈话的时候，我打办公室窗前走过，看见那个小姑娘低着头站在老头面前，一声不吭。老头说什么我完全没有听清楚，后来那小姑娘哭了。

再后来，那就是那天晚上，李水带着那个小姑娘在校外同居了。

李水是比三子比路小天都要牛逼的人物。

据说李水在老头找那个小姑娘谈话之后迅速地出现在了老头的面前，然后他伸出右手的食指，指着老头，说："你敢再打扰我的女人，小心我对你不客气！"

这事是木子告诉我的。

木子当时说这话的时候眼神羞涩，秋波流转，我简直以为李水嘴里的女人就是木子了。

我问木子："他这么说你觉得很帅吗？"

木子点头，说："难道你不这样认为吗？"

我想了想，说："可是，就算他帅也跟我没关系呀！"

木子眼睛怒嗔，说："他可是我最好的哥们。"

我转头把这话告诉召娣，召娣一副先知先觉的样子，说："他们俩肯定有事，你等着看吧！"

我就喜欢召娣这种好像什么事都看得明白的傻样。

每每她这么预言一件事的时候我就特别地想问她关于暗恋一个人会不会有结果如果有结果又在什么时候有结果，或者，暗恋一个人应不应该表白如果表白又应该在什么时候表白，类似这种无聊却真真正正在困扰我的问题。

然而我终究是一次也没问出口。

只有一次，我在召娣面前说哈悠挺逗的。

就这么三个字，召娣就意味深长地看着我说我和哈悠有事。

我当时一副很无聊的样子看着她，说："你是不是觉得青春期的男女之间除了有事就再也没有别的事了？"

召娣疑惑地望着我，说："难道不是除了没事就是有事这两种吗？"

我被召娣弄糊涂了。

我自己也糊涂了。

哈悠像是长在我高中道路上的路边的狗尾巴草，茂盛、杂乱、一路望去，无边无际。

2001 年的冬天，冷得人心里发慌。

哈悠那天穿了件很厚很厚的棉袄，整个人包裹起来像头狗熊。

不知道哈悠如果知道我当时是这么形容他的会不会发火。我真的很期待看他发火的样子。在我认识哈悠的日子里，他没有发过一次火。

那天我带着召娣还有路粉粉在教室后面拦住了哈悠。

路粉粉对哈悠说："真冷，外套借给我穿呗。"

召娣嬉皮笑脸地说："我也冷，哈悠，你外套借给粉粉了，还有什么能借给我的？"

哈悠那神情应该不是吓坏了，而是惊讶坏了，抖着双唇，半天，才说："就你们知道冷，我就不知道冷啊？"

哈悠说话的时候双眼微笑地看着我。

我当时真想把召娣和路粉粉赶走，可是恰恰是我叫她们一起来的，我需要人做掩护。

我走上前，说：“哈悠，你看看你都成圆的了，你说要是把你推倒在这雪地里你还能爬得起来吗？”

“当然能啊！”哈悠天真的不像是假的。

我和召娣还有路粉粉都哈哈大笑，然后我伸手一推，哈悠就真的倒在了雪地里。

我当时心里有些激动，因为我这是在调戏哈悠。

召娣和路粉粉笑得花枝乱颤的，我竟然伸出手去要拉哈悠起来。

哈悠笑眯眯地没有拉住我的手，自己爬了起来。

起来后，他又笑眯眯地对我说：“你看，我说能爬起来吧！”

第三章 离别

去留无意的是时光，不管你闲不闲，庭前落花都又化了春泥，带来下一季的绽放。

2002 年注定是离别的一年。

文青的恋爱在高三的尾巴上宣告无疾而终。

虽然文青不承认，但是这确实是三子的功劳。

三子对文青的攻势一天强过一天，而且不动声色，默默不语，也就是像个卖力的护花使者，连打加吓地逼退了文青周围所有对文青有意和无意的男同学。另外就是逢节必送礼，送礼必超过文青的男朋友。

另外也听说三子在宣告完全不干扰文青的恋爱的同时总是不合时宜地出现在文青男朋友的面前，这两个男生是否有过激烈的身体接触真的很难说。因为就算三子实在是那种想出手时就出手的人，可文青的小男友是那种能不出手就不出手的人，一个紧逼，一个后退，这火花就很难摩擦的出了。

只是渐渐，文青和她的小男友就都冷淡了似的，他不来，文青也不多说，文青不叫，他也就不来……长此以往，什么花都蔫了。

我们都以为三子这时候会乘胜追击，来个猛打猛攻，说不定文青这座山头就能被他占领了。

可是三子比我们还镇定，一如既往，没有放弃，也没有加火。

路粉粉忍不住了，问文青。

“你到底怎么想的？我看这两个人都不错，你好歹表示一下，定下一个吧。”

文青抬头看了一眼大家，然后又低下头去，说：“哎呦，这鱼里好多刺。”

召娣这时候又显出了哲人的派头，说：“她就是两个都舍不得，无法取舍，所以就干脆都不表示。”

文青这才慢慢悠悠地说：“年纪轻轻，想那些没用的干吗，好好念书吧。不过，我好像说过很多次了，我不喜欢三子。”

那一年，我觉得文青好成熟。

虽然这时候路粉粉和召娣的眼光都不约而同地投向我，我依然只是顺着文青话说：“真的呢，这鱼里好多刺。”

我完全不知道该怎么去评价三子或者支持还是反对文青和三子在一起，我觉得感情这种事是完全不能讲道理的，是完全不能因为一个人是好还是坏就可以决定是和他在一起或者不在一起的，有时候，我们会喜欢一个“坏孩子”，不由自主。

召娣向来看不起我这种反应，于是像往常一样给了我一句装好人。

我本来想申辩，这时候路小天来了，他径直走过来的样子就好像我和召娣还有文青完全没有坐在这里。

路小天只朝路粉粉笑笑，路粉粉就转头对我们笑笑，然后起身走了。

我看着路粉粉和路小天牵着手走远了，很无奈地说：“谈恋爱真麻烦。”

召娣和文青很不理解地看着我。

我解释说：“以前路粉粉只要陪我们玩就行了，现在还要陪路小天玩，多麻烦啊。”

然后召娣和文青都不以为然地“且”了一声，说你以为你多重要呢，路粉粉可以随时甩了你去陪路小天。

本来这事就过去了，结果吃完饭她们俩还不依不饶地对我训斥了一通，说一个马上高中毕业的大姑娘了，装什么纯呢！

我实事求是地回答：“我不是装纯，我晚熟。我大姨妈去年才第一次来，至今还没来第二次呢。”

我说的是实话，但是召娣和文青却笑得喷了满桌子的饭。

我晚熟这件事不单单表现在大姨妈上，还表现在我对各种男女情感的懵懂无知上。

就像那时候我完全不知道自己喜欢哈悠一样。

我不明白为什么总是喜欢和哈悠说话，为什么总是喜欢捉弄哈悠，为什么远远地一队人走过来总是第一个就看见哈悠，为什么一想到哈悠看着自己说话的样子就异常开心。

我不明白的事还有很多，比如三子为什么那么喜欢文青又不着急把文青追到手。

就在我们临近毕业的时候，李水的小女朋友转学走了，听说走的时候哭得稀里哗啦，但是她的父母和老师已经为她安排好了一切，他们是绝对不能容忍这个小姑娘年纪轻轻就谈恋爱的。

其实那时候我心里很着急，我总是看着李水担忧地想他会不会从此就忘记那个姑娘，要知道，他已经和那个姑娘同居了，这就意味着他要负责人家的一生。

木子说就算她不转学他们也是要分开的，因为李水马上就要考大学了，分开是迟早的事。

我想到了召娣路粉粉和文青，我们的分开也是迟早的事。

就在为了高考忙的人仰马翻得时刻，召娣开始持续生病，感冒发烧头痛牙痛等等病症不算重也不算轻地围绕着她。

那些莫名其妙的虚弱让哲人召娣显得更加深沉。有一次，她望着遥远的地方对我说：“艾宝，我们多可惜啊，高中要结束了，连恋爱都没谈过。”

我之前并不觉得没有谈恋爱是一件多么可惜的事，可是召娣那哀怨的眼神让我恍然间大悟，青春的花骨朵里没有调情一样的香气，真是遗憾了。

但是我还是要安慰召娣，我说：“放心，莫愁前路无男人。”

“但是早恋已经没有了。”召娣幽怨的样子彰显出她心里的落寞。

其实我当时只想着召娣能赶快好起来，这样我们就又可以在一起侃侃老师同学，侃侃米饭里的那粒老鼠屎。

学校的老鼠很多，我们常在米饭里吃到老鼠屎，每回都是从容地将那粒小小的黑乎乎的东西用筷子拨到桌子上，然后再用拨过老鼠屎的筷子继续吃白米饭。

不但如此，还要互相沟通，比如今天你吃到老鼠屎没？今天你吃到几粒老鼠屎？哎呀，你竟然比我多吃到一粒……

如果岁月美好，就连老鼠屎都是欢乐的。

我还想召娣赶快好起来是因为我高中生涯中的最后一个生日就要来了，我希望她们能一起站在我面前，抹我一脸的生日蛋糕。

然而就在我生日当天，召娣又去医院挂水了，文青在放学后被家里的一个电话叫了回去。于是我和路粉粉两个人摩拳擦掌地想做点什么，最后都觉得无趣。路粉粉说去拍个照片吧。我说好。

于是我在一家私人小作坊里拍了我高中最后一个生日的留念照，短发，清汤挂面的脸，木然没有笑容的表情，一副装作小女人的姿态……咔嚓……拿相机的男人的小儿子走过来说：“爸爸，我饿了，快来吃饭。”

我说：“那就这样吧。”

于是我拉着路粉粉走了。

就在走出那家作坊的一刹那，我迎面遇见了哈悠。

哈悠看见了我，朝我微笑。

我当时很激动，用力拉着路粉粉的手，以至于路粉粉尖叫。

“喂，你知不知道……”我故意大声对哈悠说话，我想说，你知不知道今天是我生日。

结果哈悠递给我一个盒子，说：“听说今天是你生日。”

我接过盒子，说：“哪儿听的小道消息？”

“三子说的。这是他叫我转交给你的，他说他有事……”

我狠狠地瞪了哈悠一眼，拉着路粉粉就走了。

路粉粉说哈悠是傻子。

但是我觉得他不是。

因为只有傻子才会去做在投资之后可能毫无回报或者全无结果的事，感情这东西就是这样的事，聪明人都不会轻易去做。

哈悠就不会。

可是我喜欢聪明人。

哈悠和高中时代的终结，这两件事让我心神不宁，但是我还是装作若无其事，即使我会整夜整夜地在午夜清醒过来，然后看着墙上窗外的灯光发呆。发呆是年轻时的忧郁，假装成熟。

住在学校的最后一晚，夏夜的燥热让人睡不着觉，感觉身边到处都是蚊子的叫声。

召娣和文青就睡在我头边，而我身旁则睡着路粉粉。

我以为她们都睡着了。结果召娣忽然哎了一声，然后我们三人全部回答：“干吗？”

“你们有没有特别留恋的地方？”召娣问。

“床！”我们齐声回答。

“可是我想去教室呢！”召娣说。

“是不是教室里还有一本没有撕碎的日记？”我问召娣。因为那个下午召娣在宿舍默默地一个人撕碎了她这三年写的所有日记。

我常怀疑召娣是喜欢某个我们都不知道的男生的，不然哪里有什么事值得她写三年的日记？而且还要在最后全部撕碎！

召娣也许在黑暗里瞪了我一眼，但是我没看见，然后路粉粉说："走吧！"

于是我们全部下床奔向教室。

木子当时还在教室里温习功课，但是她在我们四个人的惊呼声中逃似的离开了。

我们将门关上，灯关上，当然，电扇是不能关的。然后席地而坐。

坐下之后路粉粉说："如果再买点瓜子来就更好了。"

我们对路粉粉此时的这个提议再一次进行了统一的完全不用商量的集体的鄙视。

召娣说："都什么时候了还想着吃瓜子？"

我表示沉默。

文青也沉默。

然后大家都沉默。

在沉默之后不知道是谁先笑，接着就开始大肆回忆这三年来我们做过的和想做还没来得及做的那些蠢事。

就在我们笑得最开心的时候，一道灯光闪过，接着是我们班主任老头的声音。

他好像是对另外一个老师说："我来看看我们班里还有没有人。"

我们四个立即紧闭嘴巴，八只眼睛紧盯着门口和窗户，每个人都各自找了一张课桌的桌腿隐蔽起来。

谢天谢地，老头拿着手电筒往教室里照了照之后就走了。

听见动静完全消失，我们捂着嘴憋着气哈哈地笑着。

在隐蔽之前，我们好像刚刚说到那个中途为了自己的学业弃我们而去的语文老师，又好像是那个还未毕业来实习了一周的生物老师，正在我们讨论到底是说到哪个老师的时候，教室的门砰地一声开了。

随后，灯亮了。

然而最最叫我惊讶的是召娣啊地一声尖叫，然后她用极快的类似闪电的速度从后门向操场方向狂奔而去。

接着是我和文青还有路粉粉也都迅速逃出。

我完全看清了那个开灯的人的脸，正是我们的班主任老头。

但是我相信，他真的没有看清楚我们。

他眼睛花的厉害，加上我们逃走的速度，估计他正处在一团迷茫的状态。

然而我们都低估了这个老头的体力，因为据召娣描述，那晚，他在操场上整整追了召娣有十圈。而且，他还临时叫上了正在操场上乘凉的历史老师，并且进行分头包抄……

可怜的召娣，一个人在操场上狂奔，而我早就钻进宿舍的蚊帐里了，文青躺在我的头边，一边笑一边担忧，说："为什么路粉粉和召娣还没有回来？"

我说："那俩笨蛋估计已经英勇陷身了。"

"那我们去救她们出来。"

"不，她们是不会供出我们的。等着她们被释放吧。"

果然，不多时，路粉粉一边诡笑一边往床上爬。

我和文青立即探头问召娣怎么还没回来。

路粉粉一看召娣的床空着，说："不清楚啊，就我一个人被逮住了。你说一小老头怎么跑得那么快？他站我身后说路粉粉你给我站住，我就只好站住了。"

"你傻啊？叫你站住你就站住啊？"

"我不站住他明天不是照样能抓住我？"

我一听，拍了路粉粉脑袋一下，说："你傻啊，今晚就是在学校的最后一晚了，明天他去哪里抓你啊？"

路粉粉张大嘴巴大喊吃亏。

“老头找你谈什么了？”

“没什么，就问有哪些人。”

“你怎么回答？”

“我说就我一个！”

“且！我们不信。”我和文青不约而同地说。

“嗯，我想着，老头也不会信，所以我就没说。”

“且！你是不是都招了？”

“没,我想着召娣喊了一声,他大概听出来了,我就说是我和召娣。”

“可是明明四个人。”

“我说他看错了。他不承认他老眼昏花，但是我咬住牙就是说只有我和召娣。他问召娣在哪，我说被他吓跑了。”

“哎，可怜的召娣。”

召娣最终是回来了，当时我们都已经梦过三巡了。

召娣一个一个地把我们摇醒，气愤地说：“等着你们来解救呢，怎么就都跑了？”

“我没跑，我被抓了。”路粉粉说。

“我没跑，我在宿舍等你的。”文青说。

我想了想，说：“我跑了，我的目的是引开老头，但是他太狡猾了。可是，为什么你现在才回来？为什么你往操场跑？”

文青拍了拍自己的大腿。

我们恍然大悟，这家伙今天就穿着一条只比小内裤长那么一点点的短裤，大腿小腿全部露在外面，上面一件小背心，能露的也基本都露了。

“这要是被老头看见我穿这么短的裤子，那还得了？”

我看着召娣，本来想说，真的没事，明天我们就不归他管了……

可是想想这三年，老头带给我们的噩梦一样的管教早已像血液流经我们的全身，染红了青春的颜色。这三年里那些无法忘却的动人瞬间此时就像永远都不会结束的岁月，一直在你的生命里，生生不息。

我们都伸手摸了一把召娣的大腿，说可惜了，高中三年，没有一个男生看过召娣的长腿。

摸完了还要说："果然，太有伤风化了。"

召娣瞪了我们一眼之后低下头神神秘秘地说："你们猜我看见什么了？"

我们立即把头聚拢过去。

"四班的班主任和他们班的一个女生在约会。"

"是高考前的谈话吧？"我们都不太敢相信。

"他们抱在一起了。"

"是高考前的安慰吧？"

"他们牵手了。"

"这个……"

可是仔细想想，他们男未婚女未嫁，高中结束了相互表白然后再开始谈场恋爱也不是什么不可以的事。

只有召娣愤愤不平："凭什么他们可以谈恋爱就不许我们谈恋爱？"

"是因为不许你谈恋爱你才不谈的吗？"

"你们什么意思？"

"难道不是因为没有人追你吗？"

召娣将小长腿一翘，说："姐也是有人追的，只不过姐没答应。"

如果召娣不说我们都想不起来确实是有人追召娣的。只是召娣从来都不愿意承认，因为那个男生的体态号称本校之最。他在长个的时候不往上长，尽水平发展了。召娣一看见他调头就走，说此生绝不和胖子谈恋爱。

那晚是我们第一次在一起说到那个胖子。

后来我们还说起三子和路小天。一下子，他们就成了我们高中生活的全部。

只是没有人说哈悠。

我当然也就提也没提。

哈悠也许同样不会说起我。我躺在床上想到这样的事实恍惚觉得我的青春期已经苍老了，我心里装着的梦想和男生没有一个来得及表白。

年轻的时候最喜欢说的话就是，哎，我已经苍老了。就像多年后再也不愿意向人提起当年和年龄这两个词，总是还活在幼小的灵魂里，仿佛时光停步不前，我们都还有机会。

第四章 再见与遇见

从没有一个暑假像那个暑假一样让我记忆深刻。

暑假开始的那一天，三子请我们吃饭，虽然我们都心知肚明，像我和路粉粉还有召娣不过是陪客，真正的主角是文青，但是抱着一颗八卦的心，我们屁颠屁颠地就去了。

一顿饭吃得波澜不惊的，让我们十分失望。三子叫的几个男生包括三子自己，除了和我们说各位老师当初的种种劣迹就再也说不出其他的话来了，我们着急上火地等到最后，结果只等来唯一的一个人醉酒。

那个人竟然是我。

我才知道，与他们相比，我是内心最闷骚的一个。

我端起酒杯就想起哈悠，想起他站在我面前微笑，想起我们从此各自转身，再也不会有瓜葛，这种分明不舍却还是要说再见的感觉真是像极了封建社会里的包办婚姻。

我在酒杯的外头，哈悠在酒水的里头，我一饮而下，于是脑袋一懵，醉了。

但是我并没有醉得厉害，我头脑异常清醒，看着身边的人感觉他们开始动作变得缓慢，于是细节越发清晰。

我脑袋里只有一个念头：你不要再说话了，一张口你就会暴露军情，沉默是你必须要坚守的事。

第二天我被召娣骂了一通，她说从不知道我酒品这么差，一句话不说，只是掉眼泪。她说像我这种连喝醉酒都不吐真言的人早晚会成长为一名优秀的地下工作者。

我一听召娣这话，满脑袋的蚯蚓啊，穿山甲啊，甚至屎壳郎，浑身哆嗦。

她们逮住我问我为什么哭，我说我是真的忘记哭那回事了，怎么会还记得原因。

她们显然是不会信的，我想来想去，觉得总是要给她们一个理由的，于是说："昨天的那盘牛肉真的是太辣了。"

"切！没劲，你这人没劲了。"

我仰头看天，叹息一声，说："哎，青春已逝，满心忧伤啊！"

"切！"

我看着她们完全不满意的眼神，只好说："其实事实的情况是这样的，昨天我收到一封信，拆开一开，竟然是请帖，仔细一看，竟然是婚宴请帖，再一瞧，新郎竟然是我一直十分倾慕的那个。可惜，新娘不是我。"

她们目瞪口呆。

我低头抠指甲，显得十分委屈。

有时候人就是这样，真话听着觉得是假的，假话听着觉得是真的。

当然，彼时我完全不是因为领悟到这一真理才说了这样的假话的，我是在看过太多了海誓山盟是如何崩盘之后才明白了这个道理的。

但是那天我说的满心忧伤真的是实话。

哈悠没有跟我告别。

后来我一整个暑假都在手心里捏着他的电话号码随时准备给他打电话，却一次都没有打。

再后来那个号码烂熟于心，虽然现在我已经忘记，但是那时候那串数字对我而言是多么刻骨和暧昧啊。而且不可说。

暑假里我和路粉粉召娣还有文青聚过几次，我们横七竖八地躺在文青家门前的那条河边，遥望已经过去的三年岁月。

在大段的沉默之后，召娣忽然站起来，咳嗽一声，说："我实在憋不住了，我要说了。"

我们奇怪地看着她。

"其实，我有喜欢的人。"

"我们都知道。"

召娣对于我们的反应感到不可思议，张着嘴巴一脸惊奇。

"但是我们不知道是谁。"

召娣放心地哦了一声，说："那就让这个成为永远的秘密吧！"

我们三个也哦了一声，不再多问。

过了一会，召娣说："你们怎么不问是谁啊？"

"你自己会说的。"

我们太了解召娣了，像她这种憋不住事的人话都说了一半，还留一半不说，她自己会疯的。

召娣赌着气不肯说，竟然真的一直到那天我们散去也还是没说，我们竟然也就真的没有再问。

然而两天后召娣还是忍不住跑来召集我们宣布那个人是谁。

当召娣说出宣华这个名字的时候，我们真的很吃惊。

其实我们心里已经将班里质量不错的男生挨个地想了个遍，唯独没有想到会是宣华。

但是随即我们大笑。

因为我们想到召娣说过她绝不和胖子谈恋爱，果然，她喜欢的竟然是班里最瘦的一个男生。

宣华和召娣三年里说过的话十个手指头都数得过来了。

于是路粉粉很怀疑地说："你们俩连基本的同学感情都还不深吧？"

召娣假装成熟的样子又出来了，说："你懂真正的喜欢的感觉是什么吗？就是害羞，羞于在他面前说一句话，看见他就脸红，要立即躲起来，要看也只是远远地看。你以为谁都跟路小天似的喜欢一个人就去整人家啊？那是肤浅！"

文青在一旁打圆场，说："各有各的方式吧。人和人是不一样的。"

我表示赞同文青。

但是我更佩服召娣的"来日方长"的观点。她说，早说了早早在一起谈恋爱没什么用，那只能让两个人早点分开，要做他最后那个女人才是真格的。

召娣的这个观点给了我无限的动力，虽然当时路粉粉一脸怒气。

但是文青接下来的一句话更是让我瞬间解脱。

她说："确实不用着急，听说大学里帅哥多的是。"

然而我还是在暑假要结束的时候拨通了哈悠的电话。

竟然不是哈悠接的电话，当他妈妈在电话里问我是谁的时候，我的慌乱就像炎热夏日里的惊雷，还带着点随时可以烧焦自己的恐惧，我抖着嗓子说我是哈悠同学。

然后我听见她叫来哈悠之后小声对哈悠或者哈悠家里的另外一个人说："是个女的！"

我瞬间觉得无地自容，赶紧对哈悠说了一句我明天就要去上学了的话，然后啪地一声就把电话挂了。

挂了电话之后立刻就后悔了，好不容易鼓起勇气打了电话，好不容易越过他妈妈那关让他接了电话，好不容易对他开口说了话，竟然就这么一句就挂了。过五关斩六将地披荆斩棘般努力和焦灼，最后都到了王子面前了，公主却说王子再见。

但是我万万没有想到哈悠第二天会来送我。他骑着摩托车朝着我的方向奔来的时候，我觉得什么都值了。

虽然他见了我好半天才憋出四个字——一路顺风。

于是我就一路顺风地朝着我的大学去了，朝着一个新的梦的起点去了，从此曾经的那些朝夕相伴各自天涯。

除了三子和李水，其他人都进了大学。

三子高中毕业后就南下打工了，有很长一段时间，关于三子的事我一概不知。

李水选择复读，一方面是因为他没有考上理想的专业，另一方面是因为他那个小他一届的女朋友。

李水的复读如愿和小女朋友在一个学校一个班级，从此两人神仙眷侣一般地面对被称为地狱一样的高四生活。

02年底，我遇见兔牙。

兔牙的真名当然不是叫兔牙，但是他喜欢我叫他兔牙，因为只有我一个人说他那两只虎牙长得像兔牙，他说这说明我是特别的一个人，而他在我眼里也是特别的一个人。

遇见兔牙的时候我以为他不是学生，他老气横秋一本正经外加西装革履的样子让他看起来像个某保险公司的业务员，后来我才知道他其实当时刚刚去给某西服拍平面广告。

可见，兔牙的身材是好的。

那天我挽着同班同学阿书正在路上走着，他忽然站在我们面前，然后对我说："同学你过来一下。"

我骨碌着眼睛不知道东南西北，却已经被他拉到一边了。

在他把我拉到一边之后他的脸色开始变红，张了好几次口竟然都没说一句完整的话。就连恋爱经验相当不足甚至为零的我都看出来他是什么意思了。

于是我上下打量了一下他，心里约莫给估了个八十分，样貌身材都还可以，一眼望去不会心生厌恶之感，声线标准也不错，扣分最主要原因是太刍净、太大胆！

但是被人拦我还是头一次，心里不免又惊又喜。

“是这样的，同学，我想问一下，那个，跟你走在一起的是你同学吗？”

“嗯，是啊。”

“她的名字和电话你有吗？”

“你什么意思啊？”

“就是想要一下她的名字和电话。”

“呸，色狼！”

我扭头就走。

心里那个气愤，都赶上火箭了，一下就冲上月球了。

阿书看我气呼呼地回来，问我说：“怎么了？你朋友啊？”

“我哪知道谁啊，根本不认识。”

“那他找你干什么？”

“找我问你的名字和电话！你说这人有病吧？”

阿书停下脚步，惊讶地看着我，说：“你给了没有？”

“当然没有！”

“你为什么不给呢？”

这回轮到我停下脚步，惊讶地看着阿书了。

这事过去不到一周，我就看见阿书在自习教室和兔牙坐在一起了，有说有笑，相当亲密。

我觉得我这个炮灰做的实在是太灰头土脸了，而且牺牲的一点意义和价值都没有。

当天晚上我就决定给哈悠写信。

信里当然没有一字提及这件事，这种奇耻大辱当然是不能让哈悠知道的，我要在哈悠心里塑造一个光辉高大的正面的艾宝形象。

如今想来，我给哈悠写的那些信一封封都像是革命信件，说说我部军情，再问问对方情况，最后展望明天和未来，握拳，用满满的信心表示，美好的胜利的曙光就要到来了。

有些人说这谈爱和谈兵很相似，纸上谈谈都是容易的。可是，我偏偏连纸上谈谈都不会，信写到最后连我自己都觉得索然无味。

但是每封信寄出去之后我还是紧张地期待着哈悠的回信。

哈悠的回信总是很慢很慢，而在等待哈悠的回信的日子里，我陆陆续续源源不断地开始收到宣华的信。

此时我忽然意识到我正在说着的是信件这回事，而且不是短信，不是电子信，是展开信纸拿起钢笔一字一字写好然后装进信封贴上邮票漂洋过海般飞到你手上的信。我们大家的通信持续了短暂的两年，之后便因为手机的兴起而渐渐沦落到再也无人提及的凄凉境地。想起我和兔牙开始谈恋爱之后的一个段子，我怎么想都觉得我答应得太过容易，于是要求他给我写一封表白信，必须手写，必须超过两页。

对一种事物的怀念和一再提及，是因为无法忘怀的旧时光。

我收到宣华的信的第一件事就是赶紧告诉召娣，我在电话这头兴奋异常，并且把宣华的地址说了三遍，问召娣记好了没有，但是召娣似乎兴致不高。我自告奋勇地打包票，说一定要把召娣和宣华撮合到一起去。

阿书说要请我吃饭。

去了才知道，其实是兔牙设宴向我赔罪。

兔牙端起酒杯："艾宝，是我鲁莽，上次的事真是对不起，哥们一口干了，你随意！"

他说完一口喝下，然后望着我咧嘴笑。

我笑了，说："两个小兔牙长得挺好看的嘛！"

阿书和兔牙都一愣，然后哈哈大笑。

于是我就这么便宜地饶了兔牙。

尤其是在酒足饭饱之后，我拍着兔牙的肩膀说："哥们以后有什么疑难杂症不能解决的，尽管找我，我和阿书关系很铁。当然，最重要的是，我做爱情顾问已经很多年。”

阿书此时就往兔牙肩上一靠，羞涩地笑了。

那时候真是良辰美景让人好生羡慕，谁会想到短短一个月过去，寒假结束，春天复回，就轮到兔牙坐在我面前空望酒杯不端，然后抬头苦笑：“散了就散了吧，不合适就不要勉强在一起，什么解愁的酒其实我从来都不喝的，你看，你还是我好哥们，多好。”

我问阿书到底为什么和兔牙分手，我说其实我觉得他的小兔牙确实挺好看的。

阿书说她寒假巧遇初中时她就暗恋的男生，再次相遇竟然还是一见倾心，于是她觉得自己不能对不起兔牙，既然心里有别人，就不能和兔牙在一起。

我点点头，觉得阿书是对的。

路粉粉和路小天在一个城市上学，基本上就没什么时间理我们了。每次和文青说话她都兴致不高，据说是三子现在开始步步紧逼，文青终日烦闷。于是不管是哪类八卦，我都和召娣分享。

兔牙和阿书这件事让我意识到召娣就是被宣华耽误了她美好的早恋时光，所以我大胆地旁敲侧击地在信里向宣华介绍召娣的种种好处，就像是一个产品推销员。当然，这是经过召娣同意的。因为召娣在拿到宣华的地址之后竟然一封信都没有写去。这样没胆量的人怎么能追到帅哥呢？于是我就提议由我来牵线做红娘。

结果宣华回信说：已有喜欢的人。

召娣一听，八卦的心情竟然大于失落的心情，赶紧问是谁。

我如何知道？

我有那么一段时光，渐渐忘记哈悠。

因为那个时候兔牙几乎会在我所有的空闲时刻出现在我面前，以至于我常常怀疑他因为情所伤所以从此不思进取不务正业再也无心翻课本一眼，但是我还是耐心地好心地陪着他，即使看见他笑，我也怀疑那是假的。

“我叫你兔牙好吗？”有一天我忽然这样问他。

“兔牙？嗯，不错。”

“天涯何处无芳草，你就不要再继续消沉了。”

兔牙一愣，说：“发生了什么事？”

我惊恐：“难道失恋让你失忆了？”

兔牙摆手，说：“那个事我早忘了，真的。现在我唯一的困惑是，有一个特别特别优秀的女生放在我面前，我不知道该不该珍惜。”

兔牙说话的时候眼波在我面前飞速流转，我一时间心里又起了波澜。

“我们是哥们！”我大声说。

“嗯，正因为我们是哥们，所以，我一直在矛盾我到底要不要告诉你……”兔牙欲言又止的纠结神情让我心跳加速手心出汗，生怕他一张口就说出其实他喜欢的人是我这样的话，而我之所以紧张并不是因为期待或者欣喜，而是因为无措，我完全还没有想过如何面对我和兔牙的哥们以外的关系，一时间，我脑袋里轰隆隆地好像无数的蝴蝶在飞，凌乱，美丽。

“我看，你……还是不要告诉我了，我们……还是就这样做哥们比较好。”我的纠结一点不输于兔牙。

兔牙吃惊地看着我，说：“三八女艾宝竟然拒绝这么大的一个八卦，简直匪夷所思。你最近从良了？”

我心里一愣，敢情兔牙要说的和我想的根本不是一回事。

腾地一下，两朵小红云在我的脸上升起，灼烧着我单纯的青春。

“我是看你，看你这么不情愿所以才叫你不要说的，三八也是有尊严的！”

兔牙长长地哦了一声，一副了然的样子，但是眼神里确实有那么一丝诡秘。

“不说我走了！”我急于下台，正色道。

于是兔牙向我诉说了他的刚刚萌芽的第二段恋情。

第五章 炮灰命运

兔牙事件让我坚信了自己在恋爱道路上的炮灰命运，从此面对雄性一律不敢再有任何非分之想，并且会在非分之想到来之前一把掐死，然后对自己说，你这个炮灰你又自作多情什么？

我不敢确定是不是有某些对我抱有幻想的男生就这样活活被我的无动于衷逼退了，但是后来仔细想想能被逼退的就一定是不牢靠的，真正的归属于我的天子一定会破除万难来到我身边然后矢志不移地和我在一起。

就在这样的思想指导下，我没有再对哈悠进行更深一步的提醒或者暗示。

哈悠也没有对我做出一件看起来我在他心里比别的女生要特别的事，这种现实让我神伤，我终于在一次召娣的大实话里明白了症结所在。

那天我给召娣打电话，我破天荒地问了一句："召娣，我长得好看吗？"

召娣一时间愣住，说："自信的艾宝遭受打击了？怎么问这个问题？"

“你就说好看不好看吧？”

“看习惯了吧，觉得，也挺好看的！”

“你这什么意思啊？”

“也就是说，你美得不是很明显。”

召娣这句话让我在很长一段时间里萎靡不振，虽然我深深明白我就是一个普通的女孩，但是我没想到会那么普通。

难怪会做炮灰！

难怪哈悠对我不动心！

来这世上将近二十年，我才在迟到的青春的萌动里明白，作为一个姑娘，美貌有多么重要。

就在我心灰意冷的时候，三子的电话像黑暗里的幽灵，奇怪地眨着狡黠的眼睛。

接连的几个月，三子隔三差五地跟我煲一回电话粥，时间长达两小时之久。

一开始有舍友疑心我和三子关系不一般，在我一再强调三子是我好姐妹的追求者之后她们开始厌烦我长时间地占用电话线却又根本不是在谈情说爱的无聊事，我自己也着急，但是我又不好意思问三子你到底为什么这么锲而不舍地给我打电话？

不过在三子的电话里我渐渐了解了他这两年在外拼搏的一些状态。

虽然我非常的不习惯他带着港台腔的普通话和时不时冒出来的看似向我讨教实际是在显摆的英文单词，但是我还是要带着愉快的心情倾听三子所描述的他的宏伟计划，他所处行业的内幕以及前景，三子说，他很快就要回家创业，而且一定会成功。

我给文青打电话，将三子说的情况一一汇报，最后强调了一遍，他并没有给我打多少电话，偶尔打来说起的。

但是我忍不住向路粉粉还有召娣请教，我说这三子发神经一样地整天给我打电话是个什么意思啊？

路粉粉和召娣的看法竟然惊人地空前一致。

她们说三子这是明显的迂回章法，他要通过一个一个地攻克文青身边的堡垒这个路线来实现最后彻底拿下文青这个目的。

听了她们的话，我忽然之间大彻大悟起来。

但是心里安之，果然，我还是一个炮灰！

我做炮灰的年月，正是路粉粉掉在蜜罐里的日子。

路粉粉和路小天学校同城，两人几乎就是双宿双飞。每次一问路粉粉感情状况如何，回答永远是笑眯眯地羞而不语但是一切尽在不言中。我从未设想过路粉粉和路小天除了结婚以外的第二种结果，因为按照家乡的习俗，这两个人已经互相见了家长，并且逢年过节准女婿已经开始孝顺准丈母娘了。我很为他们开心，其实我最大的心愿就是邻居家住着一个长相帅气头脑不凡年龄和我一般大的青梅竹马的男生，最后，我们历经千辛万苦但又饱尝各种浪漫甜蜜地牵手一生……

“艾宝，电话！”我的美梦总是容易被种种乱七八糟的生活琐事打断。

我接了电话，问了句是谁。

兔牙在电话那一头，心情激动地说：“来 7 号楼 315，我在这里等你。”

“什么事？”

“来了我再告诉你。”

兔牙挂了电话，我心里竟忐忑起来。

到底什么事要这么着急地见我？而且……而且还情绪激动？

不像是失恋，如果是失恋应该情绪低落，听语气应该是好事，难道又谈恋爱了？不过不合情理，如果又谈恋爱了告诉我干什么？这不是多余吗？

脑子里咕噜地想了一圈，一边想一边往 315 走。

兔牙坐在 315 教室里假装看书，假装得很认真，我都不好意思敲门进去了。

兔牙忽然扭头看过来，被他抓住了我美丽狡黠的身影，于是我只好进去了。

“我决定和她在一起了。”兔牙红着脸羞涩地说。

我心里暗骂一声，这个白痴非得要向一个长期奋战在摆脱孤家寡人宝座战线上的人汇报他的累累战果吗？

此时，我坐下来，用一种哲学的深沉的又黯淡的腔调说：“彼时，我曾见过你与阿书……”

“都是过去的了，现在说的是新人了。”

“每一个新人最终都会成为旧人。”

兔牙莫名地看着我，说：“怎么你不为我感到高兴吗？除了我和她，你是第一个知道这个消息的人啊，我还想着要是告诉了你你会多开心啊，把你当好哥们第一时间想到通知你，你怎么这个态度啊？”

他竟然还觉得委屈了！

我赶紧哈哈一笑，拍拍兔牙的肩膀，说：“开玩笑开玩笑，兄弟好样的，屡败屡战！佩服佩服！什么时候传授点经验给我，你看我这都单了这么多年了……”

“我有一朋友，真的，好适合你，我想说好几回了……”

“那个什么，我还有点事，我先走了啊！”

我迅速从315撤离，撤离的时候有那么一点失落。

我不单单是炮灰的命，我也只有做兄弟的缘分啊。

就在这一天我接到了哈悠的来信。

我拿着哈悠的信去上了那天的选修课，我曾经脑袋发胀地选了一门C语言选修课，作为一个文学院的学生来说，我做到了独一无二，当我发现我选错了的时候，已经没有退路了。

那天我就是去上那门选修课，可是读完哈悠的信我才发现老师正在讲的似乎和C语言没一毛钱关系，满黑板都是视频处理技巧，我叹了一口气，觉得我的人生进入到了前所未有的黑暗中，老师莫名其妙的专业讲述就像哈悠的信一样，说着叫我莫名心酸的东西。

哈悠在信里说起了一个姑娘。

这个姑娘彻底终结了我和哈悠之间的通信。

我从此没有再给哈悠写过一封信，虽然后来我们持续地在手机短信里互通现状偶尔假装调侃又带着几分认真地打情骂俏，但是我知道，哈悠这个人，只是为了证明我是个不美丽炮灰命的姑娘而存在的。

在我情绪最低落的那段日子里，辛转像只无头苍蝇，撞到了我这块玻璃上，当他用期待的眼神看着前方的未来时，我却明确地告诉了他，此路不通。

和辛转是在体育场认识的，我将一个乒乓球打在了他的右眼边，当时就红肿了。因为我本来就是打着发泄的主意，所以下手有些狠。

辛转当时特别委屈地看着我，然后晃了晃手里的乒乓球拍，说："战几局？"

我看了眼阿书，说："让我跟他战一战！"

辛转对阿书笑笑，说："不好意思啊。"

我一看辛转那个谄媚劲儿，立刻说："如果想要电话号码自己要去啊，我不帮忙的！"

当时辛转一听，嘴角一咧，话没多说，球已经发过来了。

我不知道辛转当时是不是故意手下留情，因为没有再和辛转打过第二回，所以一直也没有答案，我只知道当时辛转大败，不但接不了几个球，除了右眼，左脸右脸左眼额头下巴鼻子，没有一处逃过了我的魔掌。但是我之所以怀疑他手下留情是因为有几个球他打得十分漂亮，我眼见着那球朝着左边飞过来了，但是我刚过去，它忽然了然一样一个转弯，往右去了……

会打拐弯球的辛转怎么会输给只会用蛮力的艾宝呢？

最后，作为手下败将，辛转请我和阿书吃饭。

我犹豫着说这有点不合适吧，但是阿书很积极地用眼神告诉我，这事很合适。

辛转在这个时候做了自我介绍："我叫辛转，辛苦的辛，转运的转。因为姓辛，不能改变，所以爸妈希望我能从名字上转运，就叫辛转。我之所以给你解释呢是因为十个人会有十个半问我为什么叫这个名字，为了省了你的麻烦呢，我就先解释了。既然你知道我叫辛转了，那么请问你叫什么名字？"

我当时已经晕头转向，然后特别傻眼特别老实地说，我叫艾宝。

我晕头转向的原因是，辛转的语速快到让我回味了好几遍才确认他说的到底是什么意思。

"艾宝，我有辆车，什么时候带你去兜风吧！"吃饭的时候辛转对我说。

"我也去行吗？"阿书开玩笑地问，"不知道会不会当电灯泡。"

"行，一起来吧。"辛转说。

我瞅了辛转一眼，说："不要以为我不知道你的狼子野心，你不过是想让我坐在后座，这样阿书就只能坐在前座了，你想这么容易就抱得美人归啊？"

"对不起，我的车没有前座。"辛转说完又想了想，说，"其实也可以算是有前座的。"

我且了一声。

阿书小声凑到我耳边，说："以我的为数不多的经验判断，面前这个男生对你有意思。"

"既然是为数不多的经验，你就不要瞎判断了。以我久经沙场的战绩来判断，这回没什么好戏。"

说完这句话我看了一眼辛转，他忽然对我嫣然一笑。

我慌忙转过头来，心里隐隐一颤。

那个晚上我梦见了辛转。

梦醒之后我非常清醒地想了想辛转身上到底有什么会吸引我的气质，想来想去，我也没想明白，像辛转这种看起来有些傻笑得有些幼稚的男生都像是小弟弟，出了事也只会站在你身后颤抖。

然而，再次入梦的时候，看见的依然是辛转。

于是早上醒来我向全宿舍的人宣布了一个重要的决定——我要向辛转表白！

在大家吃惊地看着我的时候，我嘿嘿一笑，说："我开玩笑的！"

但是那个早上我一出宿舍楼就看见了兔牙，他正牵着一个女孩打我身边走过，经过的时候他像是拒我于千里之外地冲我客气一笑，然后翩翩然地走了。

那个女孩很友善地对我一笑，但是接着我听见她问兔牙："你朋友？"

然后是兔牙迟疑的声音："也……算不上吧！"

我忽然就有了勇气。

那天我站在辛转班级门口，大声喊："辛转！你出来一下！"

然后一教室的起哄声。

辛转就在大家哦——的长音中红着脸挠着后脑勺向我走来了。

那一刻我有些于心不忍，我觉得如果我此刻告诉辛转说咱们谈个恋爱玩玩呗，那我该有多蛇蝎？

但是我还没有开口，辛转却说："走，带你兜风去！"

说完他拉起我的手，奔跑起来。

我张口小声说："那个，还有课……"

他像没听见一样。

奔跑时拉动的风带来辛转的气息，其中混合着柠檬的香味。就在那些气息中，我感觉到自己沦陷了。

爱情有时候并未到来，但是你已沉迷于某个人。

感觉和辛转一起奔跑了很长很长一段路，然后终于停下来了。

我气喘吁吁。

辛转指着我面前的一辆小巧的跑车对我说："上来吧，这就是我的车。"

我惊呆了，走过去用手拍了拍，为的是检验这真的不是纸糊的。

"你说的车不是自行车？"

"不是啊。带你去兜风。"

辛转微笑地帮我打开车门。

我傻乎乎地看着辛转，就在那一刻我看到了我和辛转所属的两个世界。我一个激灵地明白过来之后，立即很大方很坦然地对辛转说："其实我今天找你是因为我把你介绍给我的一个好朋友，她对你很感兴趣，我想问问你的意见。"

"你没问我你就帮我乱介绍？"辛转有些吃惊，还带着微怒。

"所以我现在来问你了啊。"

"那你这是什么意思？"辛转问我。

"就是觉得你这人还挺好的，我向来很会替哥们着想的，看你单着于心不忍……"

"你傻啊？"辛转质问我。

我假装想了下时间，然后说："我先走了，我约了男朋友，你想好了给我消息。"

说完之后我转身，留给辛转一个潇洒的背影。

没走几步，只听辛转大声问我："你什么时候分手？"

我没有回答，头也不回地跑了。

为了避免做炮灰，我确实是豁出去了。

但是之后我确实有把辛转介绍给召娣，召娣当时问的第一句话就是此人胖不胖，我说，不胖，很帅，身上有淡淡的柠檬香。

召娣一听，立即痛快地不回头地拒绝了这桩好事。

召娣说，连柠檬香都让我闻见了，可见此人与我关系非同小可。

我解释我们只打过一次乒乓球，召娣又像个洞察世事的哲人了，说：

“虽然不是胖子，可是我也不能接受一个二手货啊，最关键的还是自己姐妹的二手货！”

给召娣介绍辛转的时候是2003年初夏，那段日子我和路粉粉还有召娣文青得以相聚，然后浑浑噩噩又十分甜蜜潇洒地度过了一段困顿的日子。

之所以说是困顿是因为我们赶着车到一起相聚，当晚却在网吧度过一夜，看电影和打游戏，精神十足。第二天去爬山，脚下就像飘着白云，不知道自己什么时候会掉下来。接连几天都是行程满满，后来我在回校的路上差点睡死在火车上。

后来仔细想过才发现那是我们最后一次接连几天都呆在一起享受自由和快乐时光的日子，虽然当时对路粉粉和路小天频频秀恩爱很是不耻，但是当时的美好真是无以比拟，之后各自的忙碌和生活中出现的那些措手不及让我们应接不暇。

再也没有那样的时光了。

看着路小天将路粉粉搂在怀里，说宝贝你要吃这一碗还是那一碗；看着路小天将路粉粉护在胸口，说宝贝这车这么挤你要抱紧我；看着路小天将路粉粉放在手心，说宝贝你的小手怎么又凉了……

还有召娣睡前的“运动”。

第二夜我们都睡在召娣宿舍。我发现召娣睡前一直在忙个不停，于是我特意起身仔细看了一看，然后惊呼：“召娣你竟然在自摸！”召娣很不以为然地说：“丰胸运动你懂不懂？这叫按摩！”

于是我对召娣唱：“A罩杯的姑娘你不要忧伤……”

“连A罩杯都没有怎么能不忧伤？”召娣说。

于是我重新唱：“搓衣板的姑娘你不要忧伤，夏天来了吊带穿上，告诉别人男扮女装，从南到北你最时尚……”

接着我被召娣一顿暴打。

文青一直默默地笑，厌烦地说头发烫坏了。

那是文青单身的最后一年。

第六章 恋爱成灾

那一年，木子也恋爱了。

在恋爱成群的年纪，我和召娣像两个特立独行的范例，骄傲地单着，其实心里有那么一些焦躁。

那一年，我们都用上手机了。写信那件痴人才做的傻事已经被时代尘封了。

木子发短信告诉我说她恋爱了的时候，我正躺在床上看《红楼梦》。那一段时日，我痴迷贾宝玉和林黛玉之间的种种误会，我开始觉得这种要费尽心机去理解的恋爱模式非常过瘾，不管是挣扎纠结还是甜言蜜语都隐藏的那么深，足够体味的才是好味道。

当时我看了一眼短信内容，脑子还停留在红楼中，却已然淡定从容地给木子回了信息：“是和李水吧！”

我猜木子一定尖叫了，因为她非常激动地回我：“你怎么知道！”

那么多感叹号！

这种事我当然知道，很多年前我就已经知道他们会有这么一天，只是没能准确地预测到这一天会在什么时候到来。那时候我一直觉得木子和李水一定有一腿，现在我知道那时候他们确切的关系是什么了，那就是恋爱预备阶段。木子说她恋爱，我就再也想不出第二个比李水更合适的人了，虽然李水曾经有过小女友，但是千帆过尽处的停留也是一种不可多得的浪漫。

但是第二天正在上课的时候我忽然一个激灵，恍然大悟地自言自语：“哎呀，木子和李水真的在一起了？”

然后我给木子发短信：“快说，怎么个过程！”

“就那么个过程呗，他说他喜欢我，问我喜欢不喜欢他，于是，就在一起了呗。”

“就这么简单？他以前的女朋友呢？”

“那都什么时候的事了，早就分了。”

“你是不是早就喜欢他了？”

“大概吧。”

“他是不是早就喜欢你了？”

“他说是从小学开始的……我哪里知道真假。”

我感到了极大的满足。

就好像是我和一个青梅竹马最终终于牵手在一起一样，那种甜蜜无以复加。那一刻，我给兔牙发了条短信——有些人不知道哪里好，可就是谁都替代不了。

兔牙回了条信息过来：“你怎么了？”

我说：“复习歌词。”

我躺在床上掰着手指算了又算，已经算不出三子已经多久没给我打电话了。

“那个三子和你闹翻了？”舍友经过我的床边，望着茫然的我问。

我摇摇头，说：“我也不知道哪里出了状况。”

“肯定是人家打了这么久的电话你都没有表示，人家不乐意伺候了。”

我翻了个白眼，其实我心里担忧的是三子是不是和文青闹翻了。

就在这个时候我接到路粉粉传来的前方捷报——三子和文青在一起了！在一起了！

三子终于革命成功，历经四年抗战，最后将自己的旗帜插在了文青这块高地上。可喜可贺。

我特别喜欢看到这样的大团圆的结局，就像木子和李水一样。

但是我还是怀着一颗八卦的心向文青详细了解了一下过程。

文青的解释虽然干净利落，但是我还是从她的只言片语中联想到了当时是何等的浪漫。

文青说：“他来学校看我，已经不是第一次来了，就上一次他来的时候，他带了很多的玫瑰，后来他在我们学校旁边的公园里抱了我，我想了想，没有拒绝，于是，就这样了。”

我们都太清楚三子的手段了，曾经他为了向文青示爱所做的那些叫人瞠目结舌的事都已成为经典流传，如今为了最后抱得美人归肯定费尽心机玩尽浪漫，文青向来对感情的态度都是干巴巴的，说出来毫无味道也可以理解，那么一个清高的姑娘，她不会对任何一个帅哥或者浪漫情节花痴的。

这个时候我开始期待宣华和召娣能够很快在一起。

在经过木子和文青的爱情结果之后，我特别觉得召娣和宣华在一起就是一件天经地义水到渠成的事。

然而召娣却告诉我，她和宣华没有任何联系。

但是我还是固执地相信他们是有缘的，总有一天，总会在转了很多个圈之后，他们会看见对方。

日子真是太漂亮了！

因为有爱情！

兔牙的感情生活在那段时间里再次陷入危机状态。

他总是能在这样的时候想到我。

他坐在我面前，饭盒里的饭几乎还没有动一下，我闷头吃饭，只顾填饱肚子。

“你说，你们女生心里到底在想什么？到底在想什么？”兔牙显得有些气急败坏。

“别这么说，我是我，别的女生是别的女生，不要用你们给我们全部包围起来。”我纠正兔牙的说法。

“好，那你说，她到底在想什么？”

“我怎么知道？”

“你不是我的恋爱军师吗？”

我一愣，然后拱手抱拳对兔牙说：“多谢大人给小的加官晋爵！”说完赶紧拿起筷子接着吃饭。

“用点实际行动感谢吧！”

我将不拿筷子的左手一伸：“给点工资先吧！”

兔牙拍了一下我的手，说：“真没正经！”说完他好像忽然想到了什么，说，“对了，我可以拿帅哥抵工资吗？我有一朋友，我觉得跟你特别合适……”

“我吃饱了，你到底还吃不吃？”我抬头对着兔牙打了个饱嗝。

兔牙看着不争气的我，说：“算了，就你这个吃货，介绍出去我嫌丢人。”

我一听，对兔牙微微一笑，说：“对于各种褒贬，我已心如止水，贫尼境界又高了一层。”

兔牙被我气得低头大吃了几口饭，然后抬头，幽怨地看着我，说：“那么你告诉我，怎么样才可以不恋爱还能像你这样快乐？”

我淡定地回答：“吃饱饭！”

不过兔牙的恋情还在继续，因为我最终还是忍不住告诉了他一个他知道却还是需要人提醒的秘诀——女生都是要哄的！

我已经连续两周在梦里向哈悠表白了。

这种状态让我深受折磨。

我不知道为什么又再次想起哈悠，是因为哈悠给我打了一个电话还是因为他给我发了一条短信？

哈悠的电话相当的索然无味。

他问："最近好吗？"

我答："挺好的。"

他又问："忙些什么呢？"

我答："上课。"

他又问："身体好吧？"

我答："还不错。"

然后他就支支吾吾没了话，我就开始四处找话题，说走廊里的声音真烦人，说老师布置的作业真变态，说最近写了篇小说真矫情……

哈悠就在那头一直哦哦哦，最后我说太晚了，我要睡觉了，就挂了电话。

那时候还不到八点。

我弄不明白和哈悠之间到底是什么关系，又是什么类型的朋友，我只明白一点，他会忽然被我排进暗恋对象那一行列。

对于一个总是做炮灰的姑娘来说，暗恋是她的出路。

"真没出息！喜欢他就告诉他。"阿书说我。

"可是，我的理想是，我喜欢的那个人会走过来告诉我他喜欢我。"

"那你就等吧，等到最后他就被别的姑娘抢去了。"

"能抢得走的不需要放在心上。"

阿书常常被我的各种理由打败，其实我自己又何尝不是？或者说我才是被自己打败得最彻底的那一个。

总是有各种理想，各种梦想，各种幻想……各种瞎想。

不知道要这些念想做什么，到底又在等待什么，仔细想一想，如果整个青春岁月都在想这个等那个，最后什么实事都没干，那该是件多遗憾的事啊！

在我意识到这种傻瓜一样的坚持其实已经与这个高速发展的社会不相和谐的时候，我立即决定向哈悠表白。

在写信还是电话还是短信这三者之间我犹豫了很久很久，最后我决定电话里说。

因为写信和短信都是授人以把柄，给对方留了证据，如果他喜欢你还好，如果他不喜欢你，他会把这些东西拿给其他人看，炫耀地说，看，有个女生这么迷恋我……再或者他也喜欢我，可是我自己反悔了，那么他就会拿着证据给我看，说，你看，当初是你向我表白……

电话就不同了，我在电话里说了一句话之后就消失得无影无踪，甚至我自己都可以反悔。

总之为了表白这件事，我是确实经过了深思熟虑并且选择了杀伤力最小的一种。

在我给自己足够的勇气之后，我拨通了哈悠的手机。

在刚刚接通之后，我立即快速地大声地说："我喜欢你！"

对方愣住了，我在没有等到确切的回答之前不敢出声。

"对不起，他在厕所，我是他同学，你要不等会再重新对他说？"

这世上有一种悲催的表白就是你好不容易鼓足勇气下定决心，结果对象错误！

真的再也不想说第二遍了！

我喜欢你这种话也是只能说一遍的，这就好比一鼓作气再而衰三而竭。

所以没过多会哈悠给我回电话支支吾吾地问我刚才说什么了的时候，我嘻嘻哈哈地说："就刚才有人骗我说今天是愚人节，给你打完电话才发现原来愚人节是四月一号哦。"

哈悠不太死心地问：“那你有说什么话没有？”

“没有啊。”我一副天真的语气。

哈悠这次真信了，说：“我宿舍那小子骗我，难道今天真是愚人节？怎么我们俩都被骗？”

“他骗你什么？”

“他说有个女生打电话来告诉我喜欢我，这小子！”

我哈哈大笑，说：“你宿舍的兄弟真有才！”

哈悠也哈哈地笑。

我一边笑一边问：“如果我真说了你会怎样？”

“真说什么了？”

该死的哈悠还想让我再说一遍，我是不会上当的。

“没什么，没骗到你，看来今天真不是愚人节。”

此后我再也没有想过要向谁表白这种傻乎乎的痴人才做的事了，我的生活一直徘徊在三件事之间，第一是课业，第二个是旁业，第三是军师。旁业主要指做家教和写一些无聊的散文和小说，军师当然还是对兔牙的恋爱事业进行指点迷津。

在我的有力指导下，在近半年的时间里，兔牙终于成功亲到了那个姑娘。虽然兔牙在我面前抱怨说他的各个哥们都已经是带着女孩开房的状态了，但是他还是很感激我的谆谆教导，他说如果没有我，他不知道要破多少财了。

因为人流很贵。

兔牙的原则是：伤心可以，伤财是万万不行的。

我怎么会有兔牙这么个哥们？而且还是以一种持续的源远流长的姿态维持着这种关系，这实在太不可思议了。因为在我所认为的价值观里，我特别喜欢那种大方的男生，有钱就一掷千金，没钱就打肿脸充穷大方。这样的男生显得有魄力有勇气有破釜沉舟一往无前的斗志。

兔牙有什么呢？斤斤计较，小肚鸡肠，请我吃一碗三块钱的拉面也要反反复复说上几天。

有一回春暖花开的时候他约我去公园，为了省钱，他借了辆破自行车；为了省力，也为我借了一辆。我们出去一整天，只有不到一个小时的时间是在公园里，其他的时候都在骑车。

那时候我有想到辛转，兔牙和辛转真是天差地别的两个人啊。

但是仔细一想，兔牙和辛转的距离恰好也是我和辛转的距离。

那天回到学校时夕阳已经西下。兔牙侧身迎着夕阳，一只脚支在地上，说："谢谢你。"

我心里当时的第一反应是，这小子不会又失恋了吧？

结果兔牙说："你是第一个肯陪我骑这么长时间去看风景的女孩。"

我有些不好意思地回他说："你也是。"

"走，请你吃大餐！"

兔牙真的发了狠，请我吃了一顿肯德基全家桶。

然而我们两个人好像都发了狠，竟然吃得一根鸡毛都没剩。

那时候我真快乐，因为吃饱饭而带来的快乐是什么都无法比拟的。我是一个比任何人都容易满足的人。

俗话说乐极生悲。

这话真是一点不假。

我们在回校的路上遇见了兔牙的正牌女友，奇怪的是她看我的眼神就好像我是一个插足的第三者。

我拉了拉兔牙的衣袖，用眼神示意他解释点什么。

但是兔牙明显比我聪明，他什么都没有解释，只是在我面前狠狠地拥抱了那个姑娘。

我看见那个姑娘眼里所有的疑云都散开了。

所谓的乐极生悲并不是说被正牌抓了个正着，而是在最开心的时刻被告知，你这个炮灰还是滚远点吧！

我相信我是属于特别另类的那一群姑娘，另类的意思就是另一个类别，这个类别里的姑娘生来就是为那些招男生喜欢整天冥思苦想怎么拒绝男生的女生偿还债务的，所以没有男生喜欢我们，我们的命运只有两条，一是暗恋，一是炮灰。

悲催的是，这两点我都占上了。

我这辈子就喝醉过这么一次。

虽然召娣说我总是在醉醒之后说——我这辈子就喝醉过这么一次！

但是我还是要说这句话，因为每次的醉酒都是不同的原因，每次都是唯一的一次。我是绝不会为同一个理由醉两次的！

路粉粉说，那是因为你还不知道什么是失恋。

我觉得如果失恋来了，醉一次就好，醉两次就是白痴，醉三次以及以上就是犯贱。

但是我那一次醉得有点犯贱。

阿书事后告诉我说，那一场醉酒几乎惊动了一整栋宿舍楼，那天大家都知道我被一个叫兔牙的混蛋深深地伤害了。

谢天谢地只有阿书知道兔牙是谁。

后来兔牙这两个字就成了一个传奇，当别人问起我兔牙是谁的时候，我总是假装一脸茫然。

这件事或多或少地传到了兔牙的耳朵里，他用一份蛋炒饭表示了他的安慰。

我接受了蛋炒饭，但是我没有接受他的安慰。

吃完那碗蛋炒饭之后我对兔牙说："好了，老死不相往来了吧，我们！"

兔牙以为我开玩笑，哧哧地笑。

我转身走了。

兔牙在后面付钱，我走得很快，以至于消失于人群，兔牙没有找到我。

多年以后我曾路过那家饭店，门口原来挂着的蛋炒饭三块五的牌子早已经不见，一块生锈的铁板上写着：一月大的小狗仔三只，求包养！

那一刻我在出租车上眼前掠过往日情景，心底的笑像一汪清泉，带着往日的养分，滋润我奔波劳碌又有少许寂寞的心灵。

那次之后我就拒绝再理会兔牙了。

也许他的恋爱生活实在繁忙，他也没有再理过我。

我们两个之间就像马路上的斑马线，约定俗成，行驶至此，缓慢通过或者暂停。

我开始写一些自己回头去读都要骂自己矫情的文字，很多藏在文字背后的情绪和故事因为太隐晦以至于很久之后我自己都不能理解。我将很多很多篇文字寄往遥远的梦想之地，大部分杳无音讯，但是也收到过一次回复，隐约记得是石家庄某出版社，要出一本集子，告知我的小文被收录，需要我购买一套书，两百元。

我当时多么希望这不是个骗局啊。

说实话，如果我有两百元闲钱，我也许真的就寄去了。

可惜我没有。

我将信藏在箱子底，当时是为了提醒自己，没有钱，什么都办不了。

后来进入社会，无意翻出这封信，最后又塞在了箱底，那时候是为了提醒自己，到处都是陷阱，不要做二傻。

路粉粉和文青因为在线状态属于忙碌，当然无暇顾及我，召娣因为和我一般孤独寂寞，常常给我电话或者短信痛斥当代男生都有眼无珠，目前竟无人发现她这块珍宝。

每每召娣这么说的时候我都想说，其实，我也是块珍宝。

可是，爱情真他妈的有眼无珠啊！

第七章 那些意外的惊喜

我一点也没有觉得摆脱掉了兔牙我有多么自在，相反的，更多的百无聊赖像影子一样跟着我。

这时候辛转忽然约我看电影。

我大胆赴约，小心应对，就在我准备着要向辛转敞开那么一点点心扉的时候，路粉粉出事了。

在路粉粉和召娣的好几次解释里，我终于理清楚了整件事的来龙去脉。

本来路小天的生日要到了，路粉粉分明放在心上，却假装不在意。当路小天问路粉粉那一天是否有时间到他那里去的时候，路粉粉谎称没时间。

路小天没有多说什么。

然而路小天生日当天，路粉粉买着生日蛋糕屁颠屁颠地就去了。

路粉粉期待着路小天的惊喜，然而就像很多很多的俗套的套路一样，惊喜没有，惊吓却有好几斤，只是，受惊吓的是路粉粉。

路粉粉敲开路小天的房门时，路小天穿着一个裤衩站在门里，大惊失色的脸让路粉粉很诧异。

就在路小天慌忙关门的一刹那，路粉粉看见了屋内床上躺着的那个女生。

“路小天，你这个混蛋！”路粉粉大概已经想不出其他的来表达她的愤怒的言辞了。

“你不是说不来的吗？”路小天微微有些埋怨。大概的意思是，你要是说你要来，不就不会出现现在的状况了吗？

“外面是谁？”屋内的女生高声问道。

路粉粉猛地想冲进屋去，但是被路小天拦了出来。

“别闹，回头我给你解释。”

“解释个屁！”路粉粉将她精挑细选的蛋糕踩碎在脚底，哭着离去。

“不要指望我会原谅你！我们之间完蛋了！”路粉粉离开的时候在心里反反复复地说着这两句话。

“你走了他有没有追来？”我问路粉粉。

“没有！”路粉粉回答。

“他竟敢……他怎么能不追上来呢？”我此时有些恍惚，这样的事件大大地出乎我的意料，那样相爱的两个人，在毫无任何征兆的前提下，忽然之间，一声巨响，晴空霹雳！我有些不能接受，我愿意看到公主和王子从此快乐地生活下去这样的结局。

我不知道路粉粉怎么来承受这样的打击，一个终日被路小天捧在手心的小女生，如何面对爱情四分五裂的现实？

没想到过了好半天，路粉粉忽然说：“他当时穿着短裤……他没办法来追我……”

“你……竟然还为那混蛋说话？”我有点恨铁不成钢。

“虽然我没跟他说过，但是我相信他是一时糊涂。他是怎么对我的你们都应该知道，他当初为了追到我，费尽心机……”

“那是当初了，路粉粉，你清醒一点，你要对自己说，无论如何这颗回头草不能吃了，他有一次就会有两次三次……”

路粉粉低头，轻声说：“我知道……”

“那你打算以后怎么办？”

“我现在还不想去想，以后再说吧！”

爱情是什么样，我还没有机会看清，但是爱情有多软弱，我看得明白了。

我毫不犹豫地拒绝了辛转，这一次不留余地。

我对辛转说，其实我喜欢女生。

辛转被我吓坏了，从此再也没有出现在我的面前过。

我只是对爱情失去了信心，以至于连试都不想试一下。如果一个人没有像路小天追路粉粉那样那么用心地追我，那么他以后一定比路小天变脸的还要快。

这就是我当时的逻辑。

三子真的回家创业了。在经过一系列我们完全不懂的复杂的繁琐的集资以及注册和运行之后，三子的公司稳稳当当地开了起来，并且是实业，还带有一个小型的加工厂。

文青比我们早一年毕业，毕业后直接就去了三子身边，当起了全职小秘，凡是三子的事不管是公事私事一律都是文青要管的事。

大学最后一年的寒假，文青请我们三个到三子公司去玩，当时三子的黑色轿车一直开到我家门口，然后把我们接到了他的公司。

谁也没有想过三子会发迹得如此之快，在我们还没有大学毕业的时候，他俨然一个小老板的派头了，车子房子外加文青都已经到手，金钱与美女一色，事业与爱情齐飞。

“我早就看出来了，三子就是个特别有头脑的人，所以我当初极力赞成文青和三子在一起。”路粉粉的马后炮放的还算合时宜。

召娣一脸狐疑闷声说：“可是，你们不觉得这似乎太快了吗？”

“现在都什么社会了？信息时代了，什么都讲究个快！”这句话是我说的。

如果说三子做的是皮条客，那么我也会觉得这快得有点不踏实，可是三子现在有的东西都是实实在在的。他还将他生产的东西一件一件摆出来给我们看，那么实在的未来啊，那么美好的未来啊，好像就展现在我们面前了。

文青对一切还是淡淡的神情，似乎这世上没有什么事是可以让她特别高兴或者特别不高兴的。

那天三子作为东家，又是大老板，很全面地请我们腐败了一下，又是开车兜风，又是卡拉OK，又是吃吃喝喝，一整天下来，我有一种纸醉金迷的快感。

吃饭的时候三子还邀请了几位高中同学，几年后再次小聚，想起往日情景，席间各种欢乐和吹牛此起彼伏。我在杯盏之间无比怀念哈悠的眼神，还有他微笑的样子，我多么希望他当时也坐在我身边，即使不在身边，与我相隔几个座位也好，那样我会觉得这几年的光阴都没有流走，我们仍像以前一样在一起玩笑打闹，我不需要考虑自己是否喜欢他，是否需要表白，更不用担心他会和哪个姑娘走得很近最后忘记我……

想念一个人的气息像午夜时无法清醒的噩梦，明知道是梦，依然恐惧，因为挣脱不开。

“艾宝你到底有没有谈恋爱了？”文青忽然问我。

我摇头，说真没有。

“不要听她的，她就是那种打死了也不说实话的人。要是放在以前，她很适合做地下党！”召娣说。

“你到底喜欢哪个啊？”路粉粉笑着说。

我掰着手指头算来算去，摇摇头说：“一时算不清楚，太多了。”

“现在学得油腔滑调的，还记得以前去偷西瓜吗？之后就艾宝一直说我们不正经，现在最不正经的就是她！”召娣说。

“嗯，不错，那时候路小天一为难我艾宝就义愤填膺……”路粉粉话还没说完，忽然发现大家都盯着她看，很奇怪地摸了一下脸，说，“我脸上有什么吗？”

“没有没有，什么都没有。”我们赶紧说。

“但是你刚才说到路小天了。”召娣没忍住，还是说了出来。

“哦，那又怎么了？”路粉粉一脸的处之泰然让我们惊讶了。

路粉粉看着我们，满意地笑了，应该是达到了她预期的效果。

“其实，我们已经和好了。”路粉粉笑着说。

“和好了？”我和召娣的反应最大。

“她就那点出息。”文青说。

“你上次不是跟我说又分了吗？”召娣是反应最大的一个。

我迷糊了，对召娣说：“等一等，让我理理清楚。上次说又分了的意思是不是说他们之前已经和好过一次了？这次是第二次？”

召娣点头。我又看向路粉粉，路粉粉也点头。

我气得一拍桌子：“这么重要的事为什么没有人告诉我？”

所有人都看了我一眼之后又接着该干吗干吗去了。

我说了一句废话。

“那么，好吧，告诉我这中间分分合合的原因吧。”我妥协道。

“嗯，这个我们都想知道。”文青附和道。

然后路粉粉简短地向我们介绍了她和路小天之间的分分合合的过程。路粉粉天生有个优点，就是能把简单的事情说复杂了，所以整个过程在我听来简直就是九曲十八弯。

话说当时路粉粉转身离开之后，路小天虽然没有去追，但是之后的道歉短信和电话几乎二十四小时未停，路小天在向路粉粉承认过错的同时还说：“现在哪个男人不在外面拈花惹草的？这种事对于男人来说根本就不是爱情，就是图个玩！”

我觉得这简直不像是路小天会说出来的话，路小天曾经如何追的路粉粉我们有目共睹，路小天如何把路粉粉捧在手心，我们心知肚明，路小天如何对路粉粉忠贞不移……这个我们确实还不太清楚。

路粉粉当然是不能接受路小天这样的说法的，但是路粉粉的气愤也就维持了不到三天。

第三天路粉粉就开始心软，并且在试着去想和路小天分手之后的种种情景，如何向家人交代，如何对朋友诉说，如何面对自己这么多年的付出……最最重要的是，她心里依旧爱着路小天，她从没有想过要和路小天分开，她也完全没有有一天他们会分开的心理准备。

“你傻啊？谁谈个恋爱随时准备分手的？谁结婚随时准备离婚的？不都他妈的是突发事件吗？”这是召娣气极了骂路粉粉的话。

路粉粉权衡左右，开始和路小天谈判。

“不许再和那个女人联系！”路粉粉说。

“绝不再联系！”路小天保证着。

“她给你电话或者短信一律不许回！”

“坚决不回！”

“绝对不许再有第二次！”

“我保证！”

“如果再有第二次……我们就真完蛋了！”

“放心吧！我是怎么对你的你心里清楚，我就是抱着娶你做老婆的心态和你在一起的，我就从没想过我路小天会娶别人，真的！”

路粉粉一听这话，眼睛一斜，嘴巴一撇，鼻子一哼，手又被路小天牵着了。

路粉粉天真地以为这是第一次也绝对是最后一次，以她和路小天之间的感情基础，以她这份对路小天的宽容，路小天就算仅仅因为内疚也应该还给她一份美好的生活。

可是路小天种种有些可疑的举动让路粉粉开始动了监视的心思。

路粉粉去打了路小天的通话记录单，然后一个一个地核对号码，很明显的，一个长期地频繁地和路小天联系的号码出现了，那个号码显然不是路粉粉的。

路粉粉将事实摆在路小天面前，结果就换来路小天愤怒地责怪路粉粉窥视其隐私的行为，路粉粉怒而提出再次分手。

第二次分手之后，路粉粉的心有那么一点点疲了。

一个女生喜欢你的心就算有整个宇宙那么大，也是经不起你一而再再而三的背叛的，没有几个女生会贱到不顾羞耻地跟你在一起。

然而当时我们觉得路粉粉就是这么一个不顾羞耻的人。

因为路小天简单地解释说和那个女生彻底断绝关系是需要时间和解释的，路粉粉就又原谅了路小天。

听到这一连串的过程之后，召娣说了一句我的心里话，她说："需要时间和解释的关系绝不是玩玩的关系。"

路粉粉笑笑说："我也明白，但是我只要知道他最终选择的人是我就够了。再说了，现在哪个男人没有点花花肠子？三子，你说你有没有？你肯定也背着文青在外面玩小九九了吧？"

三子嘿嘿地笑，说："那是，不过咱怎么玩都不会让文青知道，这就是咱的本事，有些人没本事还要玩，那就是他的不对了。"

文青瞪了三子一眼，说："说，坦白从宽！"

三子一把扫开文青的手，说："婆娘，去给盛碗饭去！"

文青就起身屁颠屁颠地去盛饭了。

晚上我们四个挤在一个铺上睡觉，我也不清楚是谁的手搂着我的腰，晚上的酒有些后劲，我已经醉了。

然后就迷迷糊糊地梦见高中时的那间宿舍，梦见我们四个头挤在一起叽叽咕咕。召娣哎呀呀地欢呼说她胸变大了，路粉粉手里扬着情书说如果都不想看可就撕了，文青正在挠头抓虱子，我说，我要赶快把这一刻记下来，这样醒了之后也就不会忘记了。然后我就到处找日记本和钢笔，找啊找啊也找不到，急得我想去厕所……

幸亏我及时醒来，要不然说不定就尿床了。

醒了之后我去厕所，迷迷糊糊地走到厕所门口，听见路粉粉正在里面说话。

“你到底想怎么样啊？我一步步后退，一点点忍让，到最后就换来你这个态度啊？我们在一起这么多年了都算什么啊？……你是不是爱上她了？不是的话你还有什么为难的？我有叫你为难吗……”

我赶紧转身又回去了，刚刚想去厕所的欲望一时间消失得无影无踪。

重新躺下之后我有那么一点伤感。

看着身边熟睡的召娣和文青，想想还在厕所里打电话的路粉粉，再想想即将毕业走向社会的自己，感觉昨天我们还在一起声讨老头子的过分管教，还在一起谈论某个男生，还在操场转裙子，然而如今却已经各自有了不同的小忧伤。

那一刻的仓皇其实是何等的渺小，然而谁会洞察未来？假设我们知道明天会分手，那么今天还会不会恋爱？

不一会儿，路粉粉进屋来了，我闭着眼睛假装睡着。

“是不是又出状况了？”召娣忽然问道。

我和路粉粉同时“咦”了一声。

文青伸了个懒腰，说：“你们吵死了，一会这个去厕所一会那个去厕所，一会这个说话一会那个说话，简直不想让人睡了。”

我很惊讶地小声问：“怎么我都不知道？”

“你睡得像猪！”召娣说，说完继续问路粉粉，“到底你们想怎么着啊？不是我说你，你一个如花似玉的姑娘，你想找什么样的男人找不到？你就非得这么委曲求全啊？离开他你会死啊！我跟你说如果你继续这样，我可要和你绝交了啊！”

“有这么严重吗？”我小心地问。

“就是有啊！你说她这不是要活活气死人吗？我都被她气死了！不就是个男人吗？又没结婚，分就分呗，说句不好听的话，路小天他也不是什么好人，分了一点不可惜。”

路粉粉笑眯眯，不说话。

我非常赞同召娣后面的话，我说："确实，我觉得路小天也不像什么好人，真的不要指望浪子回头这回事，都说浪子回头金不换，可见有多难，比金子都还金贵的东西有没有？我告诉你实话吧，真没有！所以你就别指望了。"

"哎，你们不知道就不要说了。"路粉粉说。

"嗯，这个我同意路粉粉的话。"文青说。

我看了召娣一眼，说："你看出来了吗？这就是有男朋友和没男朋友的区别，咱们觉得轻而易举的事放在她们身上就不行了，这就是站着说话不腰疼啊！"

召娣鄙视我是墙头草，哪里刮风往哪里倒。

但是我觉得这根本不是墙头草的问题，这就是理论和实践相脱节的问题。

路粉粉说召娣："你早晚也会有这么一天的！"

召娣信誓旦旦："我绝不会让自己这么窝囊的！"

我学着召娣的口吻，说"爱情如果需要这么窝囊的话，我宁愿不要。女人最重要是要靠自己！"

"我跟你说，女人什么都可以靠自己，就爱情这件事，自己还真完成不了！"

这话是路粉粉说的。

这是路粉粉说过的最经典的话。

只可惜，这句话对路粉粉和路小天的关系到底何去何从毫无指导意义，我们四个经过一个晚上形而上又形而下的讨论之后也依然没能互相说服谁，路粉粉还是坚定不移地要投向路小天的怀抱，说即使是个陷阱，是个火坑，是个虎穴她都认了。

当初看她撕碎一封又一封的情书的时候我真没看出来路粉粉是个飞蛾扑火一般的姑娘。

第八章 总有人要走

宣华结婚了。

当李水告诉我这个消息的时候我愣了一下。

但是当我把这个消息告诉召娣的时候，她什么反应也没有。

可是之后召娣在马路边和一个卖冰糖葫芦的大吵了一架，人家的冰糖葫芦一块五一支，她非要五毛买，人家不卖，她就和人家吵得不可开交。

“姑娘，五毛钱能干什么啊现在？连成本都不够啊。”

“五毛钱能雇人上网发个贴！”

“你说什么我不懂。”

“那我就要五毛买你一根冰糖葫芦，你懂吧？”

“这我懂，但是我不卖！”

“那你掰一半给我！五毛！”

“我这个不拆开卖！”

“你会不会做生意？”

“我看你也不像要买的。”

……

我把召娣硬拖走了，走的时候还买了两根冰糖葫芦，后来我们坐在高中学校的校门口，一人一根冰糖葫芦，一边走一边回忆当初那些发霉了的往事。

“你不该三块钱买两根冰糖葫芦。”召娣得了便宜还卖乖，一边吃着冰糖葫芦一边教训我。

“嗯，我向来都比你傻一点。”

召娣听了这话非常满意地对我笑了一下，然后她望着校门，说：“当初我们走出来的时候是真的没想过就再也不会走进去了。”

“嗯，有时候今天已经结束的时候我们也不会意识到今天就再也不会到来了。”

“这么仔细一想，过去的就都过去了，还是面向未来吧。”

“未来的还没来呢，还是面向现在吧。现在你最想做什么？”

召娣想了想，说：“我想给老班长打个电话，明天的聚会我不去了。”

“那我也不去了。”我啃着冰糖葫芦说。

“别啊，我可不是人贩子，拐带着你这不合适。”

“我真不想去。我怕去了见不到想见的人。”

召娣瞪着眼睛看了我一眼。

我哈哈地笑了，说：“这是应景的话，你看，我们吃着冰糖葫芦，蹲在我们的旧时光里，是不是应该说两句文绉绉的带着点小感伤的话？就比如我刚才说的那句。”

召娣想了又想，用她充满哲学感的思维最后给了我一个结论：“上次聚会哈悠没去，这一次你怕他仍然没去，所以干脆你也不去了……这就是典型的没胆的姑娘！”

我不置可否，我知道一旦和召娣辩论起来，真相就会越来越清晰。

但是第二天的聚会我真的没去。

召娣说的对了，我是没胆的姑娘，我怕失望，我怕站在人群里等一双目光的煎熬。

我不知道哈悠对于我来说到底是什么，我只知道他总是站在一个模糊的记忆里，想见他，又怕见他，说喜欢吧，又似乎还欠点火候，说不喜欢吧，却又总是放在心上。

他大概就是属于那种人——你生命中总会有的那一个人——在他乡的街道看见一个熟悉的背影，遇见一抹暖心的微笑，遭遇一次清爽暧昧的月夜，那样的时刻，你总是会想起一个在你生命中用路过的姿态出现的人。

但是后来听说那天哈悠去了。

我听了之后心里无限满足，我想像着他也会在人群里寻找我，他也会在心里小心猜测我为何未到，他也会因为没有看见我而失落……于是没有见到哈悠，竟比见到了他更让我开心。

假期后再次回到学校时，路粉粉已经和路小天正式分了手。

路粉粉说，这一次真的是最后一次了，因为她没有了退路。

那个她所看见的躺在路小天床上的女生怀了路小天的孩子。路粉粉说这个原因的时候眼神苦涩，神情里的哀怨像一种嘲笑，嘲笑曾经美好的过去还有路粉粉作贱一般的坚持。

我惊得一句话也说不出来，虽然我们都说路小天不像什么好人，但是他将事做到如此地步确实是我们无法想到的，虽然我们一直劝路粉粉离开路小天，但是我们内心深处仍旧相信他们最终一定会在一起，如果路粉粉身边的新郎不是路小天，大概连我们都无法接受。

路粉粉说，她很好。

我们从此不在她面前提路小天。路小天就像是一个没有在我们面前光明正大地出现过的人，只有在路粉粉背后，只有在窃窃私语里，这个人才像个影子一样地存在。

召娣说，这世上真的没有靠谱的男人，也没有靠谱的爱情。

我在自己对爱情这个概念完全迷茫的时候开始了一段短暂的恋情，而且还是当时赶时髦的网恋。

兔牙急急忙忙地找到我的时候，我看着他额头的汗珠，从记忆里把兔牙这个人拉了出来，问兔牙什么事。

兔牙说："怎么最近都没见你上网？我给你留言你全部都没回啊。"

"我 QQ 号被盗了。有什么事你不会短信吗？"

"我就知道是这样，所以我把你的 QQ 重新找回来了。"

我瞪着兔牙，觉得他莫名其妙。

"既然你都知道了，为什么还来问我？"

"我就是想看看你知道不知道。那么现在，你是不是应该请我吃饭？"

"没问题，走吧！"

我请兔牙吃了一碗拉面，在几个新疆人开的兰州拉面馆里，兔牙胳膊往桌子上一放，袖子上就粘了一片白面粉。

兔牙一边处理那些面粉，一边对我说："这里不错嘛，我第一次来。"

我知道兔牙的意思，说："不就找回个 QQ 号吗？也就值一碗拉面。"

"你的 QQ 号可真便宜！"

"主要是上面没有什么重要的人。"

兔牙吧唧了一下嘴，感慨地说："做人做到你这份上也是种潇洒，无所牵挂，无所畏惧。不像我……"

"你怎么了？情路不顺？"

"分了。"

我一口茶就这么喷了出来。

兔牙来找我的时候我已经预感到会有这样的事发生了，此刻预感成真，我一时不知道是该惊讶我的第六感还是惊讶兔牙失恋后，总要找我诉苦的规律。

兔牙看我表现夸张，有些奇怪，问道："你是不是觉得我分手得太频繁了？”

我摇摇头，说:“没有，我只是觉得你谈恋爱的对象换的太频繁了。”

“这不怪我，每次都是她们先要分手的。这次更悲催，竟然还是劈腿。你说，我就长了一张恋爱期单位为月的脸吗？”

我冲着兔牙的脸看了又看，说：“不，你长得是一张总是被人甩的脸。”

兔牙好像真的受了打击一样，眼神里一下子就没了神气，一脸的痛苦，眨巴着眼睛看着我，一句话也不说。

我一时间有些后悔，对于一个失恋的人来说，不管他是第几次失恋，疼痛总是一样的。

于是我赶紧安慰，说：“跟你开玩笑的，你其实长着一张桃花脸，放心吧，下一个姑娘已经做好准备，正在等你去找她了。最悲催的是我，我长了一张绝缘的脸，至今没有开过一朵桃花。”

兔牙忽然就来了精神，说：“实话告诉你吧，你那个 QQ 是我一个朋友帮你找回来的，你要不要认识一下？”

我抬起头看兔牙，说：“你怎么连一碗面都要骗呢？”

兔牙一愣，然后又呵呵地笑，说：“就是想找你聊聊天，我心里闷的厉害。昨天晚上我看见她和另外一个男生在一起了，我当时脑袋一懵，你猜我做什么了？”

“你不会给了人家一拳吧？”

“我像那种野蛮人吗？”

我看了看兔牙的斯文样，觉得确实不太像。

兔牙接着说：“我走到他们面前，很礼貌地打了声招呼，然后问她你的口腔溃疡好了没？”

“然后呢？”

“然后她骂了我一句神经病，牵着她的新男友走了。”

兔牙说完，我们哈哈大笑。

吃完面，兔牙心情大好，忽然对我说：“如果一年后我仍没有找到新的女朋友，你就救济一下我，收了我吧！”

“我不是收破烂的。”

“那好吧。那么，这样吧，如果一年后你还是跟现在一样没有男朋友，那我就救济一下你，收了你吧！”

我伸开胳膊，对兔牙说：“你上下左右好好看看，我像是那种困难户吗？”

兔牙特别认真地看了又看，然后摇摇头，说：“说实话吧，真的实在没什么可看的。”

兔牙说这句话的下场是，那天他的那碗面是他自己付的钱。

我竟然答应兔牙去见他的那个给我找回 QQ 的哥们，为的是向兔牙显示我并不是一个实在没什么可看的姑娘。

那哥们当时见了我，很友好地打了招呼之后张口就说：“我女朋友在食堂等我呢，要不你们先聊，我走了。”

我看见兔牙偷偷打了那哥们一下，但是依然没能阻止他离开的脚步。

我看着兔牙，等他的解释。

“本来，他早就和他女朋友分手了，但是今天早晨又和好了。真巧。”

兔牙勉强地解释着。

我心里拔凉拔凉的，我果真是一个实在没什么可看的姑娘吗？

“兔牙，你说，我没有魅力的原因在哪里？”

“我想想看……你不穿裙子。对，你不穿裙子！”

“呸！”我很不满地走了。

当时我直接就去了网吧，想找个陌生人发泄一下。

刚上线，一个叫楚清的就发来了信息：“一年前，你答应给我写信，结果我等了一年多，没见你的半个字。”

我也不知道是不是真有此事，但是当时想勾搭一个男生的心思很盛，于是就顺水推舟，开始闲聊。

“后来一直在忙，这一年多我都在研究一篇论文，昨天刚刚完工，所以就来找你道歉来了。”我说的有鼻子有眼的。

“什么论文？原来你这么有深度！”

“论当下外貌成分与恋情发展的比例关系！”

我这一句话发出去，我自己都笑出了声，不知道对方是什么表情。

只见他发过来一堆冒汗的小头，然后弱弱地问：“那你是用什么方法来研究的？”

“深入实践！”

“那我不会也只是你实践的一部分吧？”

“你傻吗？我刚才不是说了昨天已经完工了吗？现在我终于可以为自己谈一次恋爱了。”

“那我努力成为你为自己谈恋爱的对象吧！”

“恭喜你，这是一个不可多得的机会！”

几番挑逗和宣战之后我们互相给了通信地址和电话号码。于是，我又开始霸占着宿舍的电话煲电话粥了。

楚清的电话每晚八点准时打来，每天一到两个小时，在我们聊得火热的时候，我兑现了那个“诺言”，给楚清写了一封声情并茂的信。

楚清收到信的第二天，要求和我见面。

我有些忐忑，一来，我觉得我的减肥计划尚未成功，一个声称自己是帅哥的男生一定不会看上体重是三位数的女生。二来，对于将网恋照进现实这种事，我还没有做好十足的准备。

但是那天兔牙忽然对我说：“听说你最近在搞网恋？”

我摇摇头，不承认，说：“什么网恋？我们是现实的好不好？”

“算了吧，连面都没见过，说不定就见光死了。”

“我们这周末见面！”

兔牙有些不相信地看着我，瞪着他那圆鼓鼓的眼睛，说：“你……不会是来真的吧？我跟你说，小心被骗啊，网上好多骗子的，专门骗你这种纯情小女生……”

“谁是纯情小女生？谁是纯情小女生？你才是纯情小女生，你全家都是纯情小女生！”

兔牙被我说得悻悻地离开了。

而我，因为狠话已经放出去了，所以为了面子也得付之行动。

楚清见我答应和他见面，竟有些紧张，开始声称他其实并没有那么帅。

我也应和，其实我也没有那么美。

楚清问我们如何见面，我说这得规划规划。

在楚清准备出发的头一天，我跟他说了我们见面的详细步骤。

“从我们学校正大门进来，路两旁是两排的梧桐树，你从右边开始数，在第十棵梧桐树下站住，手里拿着我给你寄的那封信的信封，到时候我一看，就知道是你了。”

“算了，我拿支玫瑰吧。”楚清说。

“不，那太招摇了。”

“信封太小，你得走过来才能知道是我啊，我希望你远远地就知道是我在等你了。”

我一想，有道理，说：“那你就拿一份当天的报纸吧！在我们学校门口的书报亭里买，晚报，就那一份。”

楚清扑哧笑了，说：“搞得像相亲啊。”

“这是伟大的革命会师！你要严肃点！”

楚清听我这么一说，笑得更厉害了。

他笑得我心里扑通扑通地七上八下，我开始犹豫了，万一他看上了我而我没看上他，他会不会对我实行打击报复？万一我看上了他而他没看上我，那我这老脸往哪搁。仔细想想，还是后一种比较严重，我这脆弱的心灵真的再也经不起打击了。

现在我就盼着楚清是个癞蛤蟆，这样我一见面就立即把他甩了，那么这场网恋说出来也不过是个笑话，最后没有成功也不关我的脸面的事。

见面那天，我穿了裙子。

我身上的衣服从内到外都是经过仔细挑选的，当我在宿舍里一件一件地试穿那些压箱底的货物的时候我有了那么一点隆重的感觉。

谁也不能给我一个保证，我所见的就不是我的爱情。

我必须认真对待。

阿书说："艾宝，这么仔细一瞧，你真的不属于见光死那一类的。"

我一惊："难道你以前一直认为我是见光死那类的？"

"也不完全这么认为啦，只是你属于内敛型，要和你长期相处才能知道你的优点嘛！"

阿书完全就是安慰人的口气，不过我不在意，我笑说："我这种类型就是为了一辈子准备的。"

阿书连连点头说是。

然后我带着阿书违心的祝福出发了。

远远的我就看到了第十棵树下站着的楚清，他手里拿着我给他写的信的信封，今天的报纸，以及，一支玫瑰。

真是小心谨慎，这样一来，绝对是错不了了。

然而我却忽然之间没有了走过去的勇气。

我千算万算，就是没有算到他竟然帅到如此离谱的地步！

什么哈悠啊兔牙啊这类还称得上帅哥的角色在他面前也就是浮云了，楚清像是漫画里走出来的那种带着一半冷峻一半温润的男子，用一种十足暧昧的气质站在树下，眼神淡定，并不在人群中搜寻他所等待的身影和眼神，他知道，他等的人一定会走到他面前。

这根本就不是属于我的爱情！

我要的是小康家庭的四菜一汤，结果竟然给我来了个满汉全席！

我消受不了。

于是我打楚清面前走过，像他身后的那棵树，沉默，并且，毫不相干！

第九章 谢谢你陪了我这四年

彻底地与楚清说了拜拜之后的好多个夜晚，总是在凌晨三点左右，宿舍电话会准时发出刺耳的声音，一开始我们还会去接，几次无人说话之后我们终于明白这是有人恶作剧了，于是每晚睡前准时拔掉电话线。

我的网恋结束得异常迅速，以至于后来只要兔牙见到我提到网恋两个字，我立即摆手说："我还有事，我先走了。"

兔牙后来竟然没有再谈恋爱，他用一种异常寂寞的状态离开了学校，就像我一样。

大学毕业那年，路粉粉开始谈一场新的恋爱。

在我见过路粉粉新男朋友小海第二次的时候，路粉粉就说她要结婚了。

小海是一个完全不同于路小天的男生，他的亲和善良好像与生俱来，最重要的是他对路粉粉好。

第一次见小海的时候路粉粉还没有答应做小海的女朋友。那天小海把接待我们看成是一件艰巨的任务，讨好我们对于小海能否征服路粉粉来说绝对是个关键。就像三子之前所做的那样，他的迂回战术完全走对了。

小海当时站在路粉粉身边，虽然没有牵路粉粉的手，但是我们都明显地感觉到了小海对于路粉粉的那种呵护和发自内心的责任，他看着路粉粉时的暧昧的笑容很明显就是想让我们误会他和路粉粉的关系。

我们果然是误会了，在他殷勤地夹菜倒酒的时光里，我们俨然觉得他已经做了路粉粉的男朋友很多年。

谁也没有提路小天，这时候提路小天就是找死。

小海说到路粉粉都是这样的语气——我们家粉粉……

我和召娣就长长地哦一声。

那次文青没有去，文青说身体不舒服。

不论小海的表现如何，我和召娣始终觉得路粉粉这是为了排遣内心的寂寞和悲伤所以迅速找了一个人来填补，于是我们都劝路粉粉慢慢来，没有必要着急。

路粉粉笑眯眯地说话的样子就好像她从来没有受过伤。

她说："什么爱情不爱情的？都是虚的！只有对你好才是实在的！"

召娣不同意："没有感情怎么过一辈子？"

我默默地说："其实有感情也未必能过一辈子的！"

路粉粉点头说对，召娣摆摆手，认为我们堕落了。

我看着召娣，我等着看她怎么坚持。

其实虽然我嘴上这么说，但是我内心仍旧在期待一份爱情，最好还打着天长地久的烙印。

毕业前夕，我做了一个艰难的决定，那就是从此以后再也不理兔牙了。对于一个把我当作可有可无的兄弟的人来说，我在某种意义上是多余的存在。

当兔牙把我拦在食堂门口的时候，阿书特别奇怪地看着我，那眼神就好像在询问我是不是和兔牙背着她有了什么奸情，我被阿书的眼神看得心里七上八下，就好像真的做错了什么事。

“怎么你都不回我短信？”兔牙一副理直气壮的样子让我觉得很好玩，我凭什么要回你短信？不过我没这么说。

“手机可能有问题，选择性接收短信，你的没收到。”

“编理由能编的像样点吗？连敷衍我都懒得敷衍？”

“我说的是事实，我为什么要敷衍你？再说了，我们是什么关系？朋友……也不算吧？”

兔牙一听，不但没有生气，反而笑了，说：“知道抓紧时间报仇我就放心了，那么，以后要记得回我短信！”说完笑着转身离开。

阿书抱着双臂等着兔牙的背影，说：“简直当我是空气！艾宝，你说你和他之间到底什么关系？”

我非常诚恳地对阿书说：“这事，说不定你比我清楚。”

从此以后阿书就认定我和兔牙是有一腿的，现在她开始反过来责问我是不是在她和兔牙还没分手的时候就已经关系不明了，我懒得解释，也不知道如何解释，关于男女关系这种事，凡是需要解释的，都一定有问题。所以，我不解释。

但是兔牙的短信我照样不回，临近毕业，每个人都在忙着找工作，兔牙也没有再来找我算账。

后来我还是原谅了他，仅仅因为他在离开学校的前一晚对我说的一句话。

当时他半醉，靠在宿舍门口的那棵梧桐树上，旁边的路灯透过梧桐叶照在他脸上的光亮明暗不均，我正好从那里走过，风吹来一阵酒气，我刚皱眉头，却被他叫住了。

“艾宝，谢谢你，陪了我这四年。”

我当时特别感激也特别难受地对他笑了。

感激是因为他这句话让我明白了，这四年，我又何尝不是有他作陪？难受是因为，明天，我们就要分开了，从此以后，相互陪伴的日子将成为翻过去就再也不能翻回来的岁月书页。

我真的想上前拥抱兔牙，对他说，哥们你大胆地往前走，莫回头，大道那边的姑娘都在朝你招手。

当然，我并没有那么说，我知道这只会徒增他此时的感伤，他体内的酒精在这个时候已经战胜了荷尔蒙，他现在需要的不是姑娘，是一个肩膀。

我把我的肩膀借了一边给兔牙，他靠在我肩膀上流了一酒壶的泪，我身上的薄衬衫湿了好大一片，然后我拍拍他的背，说："好了，明天一路顺风！"

第二天兔牙又恢复成了原来的样子，说话的神气就好像上了发条，在电话里大声叫得我耳朵疼。

"艾宝！艾宝你下来，我有东西要送给你！"兔牙大声说。

我心里一阵窃喜，说："还送什么东西，你以为你还是小学毕业啊，算了算了。"

"你快点！我就在大门口！你快点啊！"他说完就挂了电话。

我羞羞答答地对宿舍里的几个姐妹说："非说要送我东西，我先去看看是个什么宝物。"

我确实也是加紧步伐一路奔到大门口的，兔牙身旁是一辆黑车，最近黑车生意火爆，专门帮毕业生搬运行李，兔牙站在黑车旁边，脚边还站着一只热水瓶。

"真矫情，走了还送我东西，我可没东西送给你啊！"我冲着兔牙喊。

兔牙笑眯眯地指着地上的热水瓶，说："跟了我四年了，看来看去都没办法把它带走了，这可是后来新式的大容量热水瓶，保温效果好极了，丢了多可惜啊，我第一个就想到了你，送给你了。"他说着把热水瓶拿了起来，递到我面前。

我看着热水瓶上面一张用水粉笔画上去的酷似兔牙的鬼脸，心里真是哭笑不得，还以为昨晚自己的借肩膀一举感动了兔牙，于是他在离别之际要送我一个重大的礼物作为念想，没想到……

“你难道不知道我也是毕业生吗？你难道不知道我也要面临是不是把热水瓶带走这个选择题吗？你难道不知道我的热水瓶也是新式的大容量的而且保温效果好吗？”我无奈地看着兔牙说。

“可是，我记得有一次看见你拿的热水瓶是那种小的……”

“那是我接下来要说的话。你难道不知道我有两个热水瓶吗？”

兔牙一愣一愣地看着我，表情非常无辜，我以为他已经完全理解了我的意思，谁知道他竟然反问我：“那么，你说的跟我要送你热水瓶有什么关系？”

我摆摆手，说：“算了，你还是把它扔了吧，扔在宿舍楼下，回头让学弟学妹捡了去人家还念你的好。”

兔牙一听，将热水瓶往地上一放，自己上了车，冲我一摆手，说：“那你帮我扔了吧，我先走了。再见。”

于是，我一个人抱着那个画着酷似兔牙的鬼脸的热水瓶回到了宿舍。后来，轮到我为行李发愁的时候，在热水瓶的问题上，我毫不犹豫地将我自己的两个热水瓶赠送给了学妹，我拎着兔牙的热水瓶离开的时候心里还赌气地说：“哼！不就是一个热水瓶吗？我就不信我带不走！”

但是我确实没有想到，我将那只热水瓶一路带到了广州，后来又带到了北京，热水瓶上的鬼脸一直在对我笑，无论世事如何无论人情冷暖，它的笑容从未变过，就像我们曾经有过的共同的青春记忆。

毕业后我去了广州，刚刚找到工作安定下来就接到了路粉粉的喜帖，她准备在2006年的圣诞节举行婚礼，新郎是小海。

我和召娣做的伴娘，文青匆匆地来又匆匆地回去了，她说三子的公司很忙。

路粉粉那天一直看起来都很开心，笑容从未在脸上消褪，她专心地投入到各种婚礼的缛节之中，一点怨言也没有。我和召娣在一旁看着她春风满面的模样竟然有些心酸。

“没想到她这么早就结婚。”召娣说。

“我也没有想到，但是总归是要结婚的，她是第一个就会有第二个，早晚我们都会结婚，再也不是当初的小姑娘了。”

“以前……哎，想起来了以前，那日子真舒服啊！”

我们沉默了好长一段时间，心里很酸，日子到底是要结束的，我们要开始新的生活，不能再围在一起讨论老师同学的那些八卦，不能再花一块钱炒一盘小菜就像过节，不能被老师追得在操场上奔跑，也不能吵吵小架闹闹脾气又没有症结地和好。在路粉粉结婚的时候，我们不得不去面对属于我们的最快乐的年代真的已经过去了，这些年的通信或者电话还有小聚都没能改变我们已经散落的事实，如今终于要各自发芽各自开花，谁也不能依靠谁的温暖继续没心没肺地活着了。

“不知道下个会是谁结婚。”召娣轻声说了一句。

“放心，不会是我，我还没人爱呢！文青吧？”

于是我们又都沉默。

终于还是到了分离的时刻。

接亲的新郎来了，小海很精神，他终于娶到路粉粉了，如果他知道路粉粉当年的追求者是怎样一种盛况，他一定会为今天的自己感到骄傲的。

在正式要出家门的时候，路粉粉的眼泪就下来了。

我和召娣跟在粉粉身后，只顾着抹自己的眼泪，一句安慰的话也说不出来。

“召娣，你哭什么啊？真丢人，又不是你出嫁！”我自己的眼泪还没干就笑话起召娣来，其实我是想跟召娣说说话，也许心里堵着的那块地方就能通了，人家结婚，俩伴娘跟着哭得昏天暗地的真不像话。

“我要是出嫁，我肯定得笑了！哎，艾宝，咱们，真的再也回不去了！”

我心里一愣，原来我们哭的都不是路粉粉出嫁了，都是在感慨咱们真的再也回不去了。

“早晚的事，看开了就算了，还是不要再流泪了，你看粉粉那边没个停了。”

很多人都在劝路粉粉了，说妆都哭花了就不好看了，还要去新郎那边给很多人看呢。路粉粉根本不在意，还是在哭，她的妆确实已经基本没有了，但是路粉粉是谁？她脸上不施粉黛也能迷倒十条街，她有什么好怕的？

但是我越发觉得路粉粉哭得有些不对劲，谁结个婚也不至于哭到肝肠寸断，想到远离父母确实心中难过，但是这却是为了奔向另外一个爱的怀抱啊，路粉粉的眼泪像决堤的河水，滂沱而过，就好像她就此一去再也不回来了，她的前方是怎样的路途也不可而知。

我和召娣都看得清楚，这其中的辛酸也都明了，此时看粉粉如此模样，真想提着大刀冲到路小天面前抡起来就砍，砍完再说。

小海当时的表现确实让我们折服，他牵着路粉粉的手，眼泪一直不停地掉，他说：“你不要哭，看见你哭我心疼。”于是路粉粉哭多长时间小海就跟着哭了多长时间。

好不容易走到了门口，终于要上车离去，围观的人大概也都松了一口气，这哭声终于要停止了。

然而谁知道此时才是高潮，路粉粉哭得几乎要晕厥，然后在一只脚已经跨进车门之后又退了回来拉着小海对着父母，跪了下去。

路粉粉这三个头磕完，在场所有的人都为之动情，抹泪的场面相当壮观，大家都低声轻语：“真是没见过这么孝顺的孩子！”

之后路粉粉才上车离开。

我和召娣坐在粉粉身后，车子发动之后路粉粉就停了眼泪。

这时候，她把最后一滴眼泪一抹，把脸伸到我和召娣面前，说:“快看看，我的妆花了没。”

路粉粉此时平静的样子就好像刚才那个情绪激动到被泪水淹没的人根本不是她一样。

“没花，还是很好看。”我和召娣安慰粉粉说。

路粉粉用手拨弄着自己的假睫毛，说：“快，帮我再搞搞，这个要掉了。”

于是我和召娣手忙脚乱地给路粉粉粘了好一会假睫毛。

弄好了假睫毛，路粉粉转头过去笑眯眯地对小海说：“你拿来的那个红包是不是我们之前说好的那个数？”

“肯定的，这个你放心好了！”

“你要是敢骗我看我不打扁你！还有刚才我爸妈给你的红包里面有多少？”

“不清楚，还没看。”

“回头都交给我，听见没？”

“遵命！老婆大人！”

我和召娣你看看我我看看你，不约而同叹息一声，路粉粉果然还是路粉粉，不过她这样的状态我们反而都放心不少。

看来，路粉粉确实已经被伤到无路可回，便学会看淡一切往前走了。

但是在看淡一切的同时，她对钱看得更重了。也算是好事吧，有追求有念想的人生才能有意义。

第十章 没有的事

大学毕业以后很多关系就好像真的一下子断开了，比如我和哈悠的。哈悠很少和我联系，加上大家都因为工作变换了城市和电话号码，失去联系的人渐渐增多起来，好像哈悠也不过是其中普通的一个，不值得特别地惦记。

木子正式投奔广州之后给我讲了很多她和李水异地恋的那些温暖故事，她说故事的时候永远是笑意盈盈言简意赅，所以我听她说故事从来都不在意她用了什么词语或者修辞，只要看她的表情就知道更多的内容了。

我忽然想起来有一次文青问起木子和李水的状况时，吞吞吐吐地说有人看见李水搂着另外一个姑娘招摇过市。

我完全不知道作为朋友是应该给木子一个善意的提醒还是假装不知道让她自己闭着眼蒙在幸福里。但是每每当我听见木子说起她和李水之间的每一个故事时我都会心里无比纠结。比如她说暑假的时候李水如何跋山涉水地去看她，他们如何躲过家人的盘问在外一边打工一边逍遥，李水对她说过的那些不算情话的俏皮话，她说起来的时候也是满脸甜蜜。

我决定不让自己纠结，还是把纠结扔给木子吧。

“木子，你们异地恋这几年你一直都很相信李水，从来没有怀疑过他会耐不住寂寞找个其他的姑娘玩玩吗？”我问木子。

木子笑了，说：“我还不知道他？”

“那你是知道他会还是不会？”

“当然不会啦！我们都认识这么多年了，他想干什么，眨下眼睛我就知道了。”

看木子如此单纯的模样我就更加忍不住了，当然，我也希望文青所说的只是道听途说，可是文青的语气告诉我，那根本就是存在的事实。

“可是，我听说有人看见他搂着个姑娘……”

我还没说完木子就接了过去：“哦，我也知道，那是他表妹，有一次他表妹去看他，他们一起去公园玩，正好遇见了老同学，他跟我说过这件事了。”

我悬着的心终于放下了，原来是表妹！

我非常庆幸自己终于把这件事说出来了，不然因为一个误会让我无休止的纠结真的没有意义。

但是我没想到木子忽然问我：“你和哈悠还有联系吗？”

我一愣，奇怪她为什么单单问的是哈悠，但是我知道我不能问她为什么，也许她只是随便挑出了一个老同学来问，我说几乎没有。

“我来广州之前看见过他一次，一点也没变，还是那样，不过看起来好像更帅了。”木子暧昧的笑意又来了。

真是讨厌她总是有这样的笑，她笑得我不知所措。

“你是喜欢他的吧？”木子忽然问。

“没有的事。”之后我开始岔开话题，不再说任何男生，但是木子说她遇见过哈悠这件事却一直在心口盘旋，挥之不去。我其实特别想问一个问题，就一个就行，那就是木子遇见哈悠的时候他有没有问起我。

真的不敢问，生怕被人知道我在乎什么。

可是我和哈悠之间算什么呢？

算过去的，而且再也不会继续的，不会有未来的，怀念！

那天之后我开始写故事，从真的故事开始，再写到假的，从散文写到小说，开始逛论坛，把自己的小说贴在网上给别人看，断断续续的有越来越多的读者留言，于是我就开始一边工作一边断断续续地写那些有的没的故事。

兔牙忽然打电话说来看我，我有些惊讶，毕业之后再也没有人想起我，更别说来看我。

兔牙从深圳赶来，他站在我面前微笑的时候我还觉得一切就跟做梦一样。

“你不打算拥抱我一下吗？”兔牙对我说。

我真的非常感动，于是我很认真地对他说：“你要小心，刚毕业失去各种庇护独自在社会闯荡的单纯小姑娘此时看见个对自己好的男人就只有一个想法——立即嫁给他，以便投入到另一个庇护之中！现在，我就是那个小姑娘。好了，你还要拥抱吗？”

“好吧，你赢了。”兔牙说完忽然伸出双臂将我抱在怀里，然后又说，“那么就让我拥抱你吧！”

等我从惊愕中缓过神来，他已经松开我走出好远了。

跟兔牙坐在广州街头的长凳上聊天，他说我竟然这么抠门连杯咖啡都不请他喝，我笑说：“我是担心你又是感情出现问题来找我咨询，回头给你喝了咖啡你精神十足说个没完，我怎么脱身？”

兔牙叹口气，说：“还真是有感情问题。”

我有些无奈了，也叹口气，说：“你能有点出息吗？整天失恋就算了，为什么一失恋就来找我诉苦？好不容易毕业了，想着终于逃出你的魔掌了，结果你追到这里来诉苦，你就找不到我之外的第二个人诉苦了吗？”

兔牙特别无辜地看着我，说：“可是，我一直以为你非常享受听我诉苦这件事啊。”

我看着兔牙，好半天没说话，我真想大声冲着他的耳朵喊，你觉得一个从来都只是暗恋和炮灰命运的姑娘会特别享受看她的哥们一段又一段的谈恋爱吗？但是碍于面子问题，我还是没有说，我只好说：“好吧，那么现在告诉我，你这次又是怎么被甩了。”

兔牙更无辜了，说：“不是被甩了。”

“暗恋？你也玩暗恋？不像你的风格。”

“不，不，也不是暗恋。”

“那是什么？”

“就是已经很长一段时间我都没有恋爱了，我想知道这是为什么。”

听兔牙问出这个问题我实在忍不住了，冲着他就是一拳，然后说：“你成心的是吧？你看我已经很长很长很长一段时间都没有谈恋爱了，你能告诉我这是为什么吗？”

兔牙扑闪着眼睛看着我，说：“可是你本来就是不谈恋爱也能活的啊。”

这句话还真的把我堵住了。这就好比我是吃草的小兔子，他是吃肉的老虎，现在老虎改吃草了，似乎真的有点不对劲。

“那你找个姑娘谈恋爱不就行了。”

“问题就在于没有动心的，你说，我是不是已经失去爱的能力了？”

“瞎说什么？就算2012真的是世界末日，你也不会失去爱的能力。”

兔牙明显有些振奋了，但是他还是不死心，又问：“那为什么以前我看女生觉得动心的太多，都不知道追哪个好，现在我看姑娘，完全心如止水，她们在我面前就是哥们。”

“毕业综合症！”我也只能这么说了。

兔牙想了想，双手一拍，说："果然还是要问问军师才能开窍啊！不错，就是毕业综合症，走，请你吃饭！"

我拍拍屁股起来跟兔牙去吃饭，一边走一边说："如果就是这么个事你完全可以电话里问我。"

"不，你不懂，我看着你的眼睛听你说心里才有底，这么多年，习惯了。"

这么多年习惯了，这句话一下子像一道阳光照射进我的心里，我真想走上前挽着兔牙的胳膊，告诉他，他能来看我真的非常感谢，这么多年习惯好了的事一下子就都改变了，我目前也完全处于无所适从的状态，他这样站在我身边，我好像觉得往事还没有走得太彻底，心里也有了一些底。

那天跟兔牙吃过饭之后又在广州街头走了很多的路，说着笑着，不觉时间就过去了，他走的时候笑眯眯地说以后每个周末都要来看我，我假意推辞，其实心里美美的。

之后兔牙真的如他所说，每个周末都来看我，他的到来恰好帮我度过了毕业之后的适应期，我终于发现这几年的军师也不是白做的，总算得到了一点回报。

兔牙经常给我讲他身边的那些姑娘的故事，他说从学校出来他才真正知道姑娘这个物种有多复杂，他往往不敢相信自己看到的，因为他一直以为姑娘这个词就意味着像水一样纯净，可是当有的姑娘在他面前说起自己的几个男朋友时他有些茫然，当得知有个姑娘是别人的小三的时候他有些恐惧，当得知有个姑娘还会背后放暗箭的时候他开始彻底害怕这个群体了。

"艾宝，你说以前我所见到的姑娘难道都是假的吗？为什么现在我所认识的姑娘都物质和现实得让人害怕？"兔牙不解地问我。

此时我已经对这社会有了点皮毛的了解。

"因为你现在认识的姑娘都在自我奋斗，她们先是要生存然后再谈其他，这个社会灌输给她们的价值观就是物质，没有物质，一切都是空谈。”

“等等，我注意到你刚才说的是她们，那么你的意思是说你跟她们不同？”

“不清楚，不过我觉得早晚有一天会相同的。”

“那么趁还不同之前你赶紧武装起来吧！我觉得为了物质而活真的毫无意义。”

“那么你为了爱情而活就有意义？”

兔牙想了半天，笑了。

其实我们都不知道我们该为什么而活，如果我们清楚地知道我们该为什么而活就会清楚地知道怎么去活，那么就不会有很多困惑和背叛自己内心的事情发生。

这个世界只给了我们一张脸，却并不明确说出他的内心。

真是一件麻烦的事。

这个春节得知文青怀孕了。

我知道消息的时候已经是在见过文青之后，厚重的羽绒服把她的肚子遮掩得很好，我竟然没有发现她肚子里已经有了个小人儿。后来还是路粉粉神神秘秘地告诉了我，我顿时惊喜一场，但是之后立即想到文青的喜酒还没喝到呢，但是路粉粉又说三子和文青已经领了证，准备等孩子生了之后再摆酒席。

我当时一听说领了证心里就踏实了，生怕三子把文青骗了似的。

那天三子陪着文青来见我们几个的，但是把文青送到之后三子就先离开了，他走的时候只是看了文青一眼，然后就走了，文青也一副已经明了的样子。召娣开玩笑说这两人已经默契到只用眼神交流了。

文青还是和以前一样，不太爱说话，三子的脾气秉性感觉变了很多，已经成为成功人士之后明显多了几分成熟稳重， 我看着他们就更加感觉到岁月遥远昨日不可再的忧伤。

后来文青经常在网上和我谈论起关于孕妇和孩子的话题，从孕期的注意到以后孩子的养育等等等等，这些话题在我面前形成一道帷帐，将我和文青分得清楚，我知道她已经进入另外一个世界，而我还在往昔里徘徊。

文青对于胎儿非常在意，问起原因才知道在这个孩子之前她已经打掉了一个，她说她和三子都觉得还未到要孩子的时机所以就做掉了，结果没过多久又怀孕了，这次不敢轻举妄动，怕以后想有孩子都不能再有了。

我当时心里就恨恨地想，这肯定不是文青和三子都觉得重要的事，肯定是三子单方面不想要，既然不想要干吗不带套？男人真自私，反正吃苦受罪的都是女人！

但是文青看起来并没有任何的不乐意，我也不能多说什么。

这次见到召娣觉得她有些不一样了。她低着头发短信的时候脸上有着羞涩的笑意，跟我们说话的时候常常走神，我们问她是不是有男朋友了，她回答的也没有以往的斩钉截铁，而是嗯了好长一声，才说没有啦。

召娣这种堂而皇之的自投罗网实在是让我们很鄙视。

“有就是有，没有就是没有，跟我们都不说真话你还留着真话跟谁说啊？”不得不承认，结婚后的路粉粉智商和口才都有所提高。

路粉粉话一结束，我们都盯着召娣看。

召娣欲说还休的样子真是显示出了这么多年我们都没见识过的可爱，原来哲人召娣也有可爱的一面，我们也算是大开眼界了。

“说不说？孕妇可不能气！”文青终于使出杀手锏。

“真的没有男朋友！只是他还在追我，我还没答应呢。”

召娣说出这句话时在场最失落的人是我，终于一直陪着自己无人问津的召娣也有人追了。

“看你这样子离答应也不远了啊。”路粉粉下的判断看起来很准。

“不行，我们俩不合适。”召娣连连摇头。

“怎么不合适？”我也忍不住了，说，“你可别考虑我的感受，在恋爱的战场上我已经是百毒不侵的金刚不坏之身了，什么样的打击在我面前都是小儿科。没事，你大胆地去追求你的幸福去吧。”

召娣扑哧笑了，而且还越笑越直不起腰了，一个人笑了好半天，笑到最后都笑得上气不接下气地喘这才停止。我们都看着她，等着她解释她如此大笑的原因。

“他还是个胖子！”召娣说完这句话又哈哈大笑。

我们终于也都没有忍住，跟着哈哈大笑。

“召娣，你从了吧，我觉得你这辈子就不可能逃出胖子的手掌心。”我笑完认真地对召娣说，“命中注定的事了，你逃也没用，你抵抗不了命运。”

“我真不信这个邪了，我就不信我就非得跟胖子谈恋爱。”召娣不服气地说。

“你现在的问题不是要不要跟胖子谈恋爱，大家眼看着都是适婚年龄的姑娘了，你的问题是要不要跟胖子结婚。”我继续提醒召娣。

召娣不屑一顾，然后又低头笑眯眯地发短信去了。

召娣整个就是一个已经深陷温柔陷阱而不自知的傻呵呵的样儿，还在那里坚决声明自己绝不和胖子谈恋爱，我们看着都觉得她的声明像个笑话。

后来我把召娣拉到一边说了几句悄悄话，我说：“别想宣华了，人家都结婚了，而且，真的再也没有他的消息，注定老死不相往来的人了。”

召娣用一种很奇怪的眼神直直地盯着我看，看得我心里有些不自在。

“怎么了？我不该说起他？哦，对不起。”

“你知道宣华曾经暗恋你吗？你是不是知道？你明明知道你还帮我们拉红线？”召娣忽然说出这么一番话确实让我震惊，我挠挠头表示完全不知道她在说什么，她忽然一笑，说，“我开玩笑的，嘿嘿。”

召娣竟然学会拿我开玩笑了，我举起拳头对着她就是一顿穷追猛打才罢休。

其实就是召娣刚才说的那句话，我之前也有听说过，因为话是从路粉粉的嘴里特别平常地说出来的，所以我也并没有多留心，路粉粉当时见我努力撮合宣华和召娣就对我说：“你别自己不要的就推给别人，到最后自己姐妹不开心，宣华也不开心。”

我当时没太明白为什么是自己不要的，于是我让路粉粉解释，路粉粉说我猪脑袋不愿意解释只愿意承认是她自己说错了话。

如今听召娣这么一说，我隐约觉得，当年我也许错过了一段自己的好戏。

可是现在已经过去了，当年的秘密对于今天来说也毫无意义。如今现实里最大的意义是召娣要和胖子谈恋爱了。

第十一章 看得见开始，看不见结束

2007年的春天特别短暂。季节还未过去，春天的气息就已经消亡了，我和木子坐在阳台上喝酒，回想起上学时候的种种，觉得社会真不是我们该来的地方。

就算春天已经过去了，但是这一天本来看起来还是很开心的一天，可是说着说着木子就哭了。她忽然对着夜空落泪的时候我被吓了一跳，这真的不是木子的风格。不过木子以为我没看见她的眼泪，她迅速地将眼泪擦了去，然后装作什么都没有发生地看着我笑，说："我们分手了。"

我不太相信地看着木子，因为她的表情真的看起来像是在开玩笑，如果在此之前她没有流泪的话，我一定不会相信这句话。

我算出了木子和李水必定会恋爱，但是我真的没有算出他们会分手。

我想了半天，最后张口说："分就分吧，好男人多的是！"

木子听了之后笑得更夸张了，好像我是在说一句玩笑话。

我真的很想打听他们分手的细节，可是木子看起来并没有想要说的意思，最后我忍不住了，问道："为什么？"

她看着我，还是笑着的样子，说："他说我们不合适，距离又远，异地恋很折磨，不如早点结束对大家都好。"

我想了想，嗯了一声说这话很现实，然后我就劝木子在这个城市就近找一个可以照顾她的男人来结束单身。木子笑着说那你给我介绍。于是我就沉默了，我要是有好的资源肯定先留给自己了。

于是我和木子继续默默地喝酒，过了一会儿，木子开口说话，好像是说给我听，又好像是自言自语。

"我们认识了十几年了，从幼儿园开始就认识，我一直以为，不管这世上哪两个人会被距离打败我们也绝不会，直到他对我说我们不合适，我才知道其实彼此再了解彼此感情再深认识的年数再多都抵不过寂寞，都没有一直陪在身边有意义。有时候我也会想我到底是为了什么，我为什么一定要去到一个离他那么远的城市来工作？我为什么不能按照他说的老老实实地呆在他身边跟他在一起？其实你知道，如果我回去，我学的专业就没有意义了，只有沿海城市能够有适合我的工作。我也知道如果跟他在一起生活我不会吃苦受累，该有的都有，但是我也想有自己的事业。那么他为什么不能为了我到这里来跟我在一起？一定要我委曲求全？他到底是不是爱我的？"

木子大段的自言自语让我明白了他们到底发生了什么，所有的分手归根到底只有一个原因，那就是爱的还不够。

我知道，木子是不会愿意承认这一点的，他们经历了那么长久的岁月最后才走到一起，她一定认为那爱是足够来抵挡以后岁月里的一切磨难和分歧的。然而，有些事我好像越来越看得明白，如果真的那么相爱，早就应该在一起，为何要等到后来？

但是在兔牙让我做他女朋友的时候我就完全忘记了如果是真的相爱早就应该在一起这句话了。

兔牙已经很久都没有来看我了，我常常会在百无聊赖的周末夜晚想起兔牙在我身边的每一次微笑，想起他扑闪着大眼睛一副无辜的样子，想起他失恋时欠揍的样子……想念让我明白了一件事，兔牙已经走进我的心里。至于他是什么时候走进来的，我真的毫无知觉。

直到接到兔牙的电话，他说他在法国，然后他特别激动，他说："艾宝，我想明白了一件事，原来，原来我是喜欢你的，做我女朋友吧！"

我一听也跟着激动起来，毫不犹豫地说了个好字，然后才问："你是怎么发现的？"

"我发现我很想你，我头脑里漫天飘着的都是你的样子，我很苦恼，你要知道，你的样子也不是很好看，可是我却不能阻止自己。"

"我的样子也不是很好看？那你还要我做你女朋友？"

"没办法，萝卜白菜各有所爱。艾宝，你承认吧，你是不是从一开始就喜欢我了？"

"你的意思是从你把我拦下来要阿书的电话号码的时候？难道我疯了吗？"

"那么你是从什么时候开始喜欢我的？"

我发现兔牙比平时要聪明，他这个问题的前提就是我已经喜欢他了，现在只不过是在讨论从什么时候喜欢而已，分明在给我设置陷阱。

但是我还是老老实实地回答："如果我知道就好办了。我一定从那个时候起就把这种念头给掐死！"

兔牙大笑，他说："艾宝，我今天很开心，感觉很多事都畅通了。幸好，我没有错过生命里最珍贵的东西。"

我确实很感动，但是挂了电话之后我还是觉得这个事有点飘忽，就像梦境一样，不真实也不现实，我开始想像如果兔牙回来了，他说他是我的男朋友，我应该完全不知道应该如何跟他相处，以前他还是我哥们，忽然之间，他成了我的男朋友，我要不要牵他的手，我要不要小鸟依人，我要不要在他亲吻我的时候闭上眼睛？

简直难以想像，他如果真的要吻我那么我该怎么办？假装不知道还是躲开还是配合？

我开始在这些凌乱的找不到答案的问题中间奔跑，累得自己精神萎靡。木子来看我的时候问我是不是病了，但是她又说我的脸色看起来比任何时侯都红润，又不像是病了，可是整个人却好像不在她眼前，就像是灵魂飘到外太空去探险了一样。

我说，不错，我现在就是在探险。

我还没告诉木子我和兔牙的事，因为在兔牙没回来之前，我都觉得这个事不是真的，两个人不能说我们谈恋爱吧于是就谈恋爱了，谈恋爱这种事是一定要面对面地看着对方的眼睛谈，只要我和兔牙还没有拥抱过没有接吻过，现在这个隔着空气说要恋爱的话随时就都可以是个笑话。

所以我还是和木子整天讨论哪个男人可以直接抢过来做男朋友或者做老公，或者没事去大街上看看帅哥养养眼，我想把木子带到一片树林中去，然后让她明白，其实单身真的挺好的。

可是李水忽然来看木子。

木子还是那副笑眯眯的没什么大事发生的模样，告诉我说："他来了。"

我当时一听，脑子一时没转过弯，问道："大姨妈来了？"

木子呵呵地笑，这一次我听出她笑里的甜蜜，立即明白是李水来了。

"他来干什么？"

"来看我啊！"

"可是，你们……"我不愿意当着木子的面说出分手这两个字，我怕她难过。

"我们和好了！"

我真是忍不住了，为什么一个个的都喜欢玩这一套？先是路粉粉，然后又是木子。我指着木子问："不要告诉我是你死皮赖脸地回去求他的！"

“不是，我不是那样的人，分了就分了。是他求了我好几天，他说他离不开我。不过我也知道，他是爱我的，在他心里，没人能取代得了我！”

木子自信的样子看起来像个傻瓜。

“你已经决定了？”我问木子。

她点头，然后笑说：“走，一起吃饭！他说他下厨！”

真的是李水下厨，于是我也明白了这次他为了求得木子的原谅也确实动了不少心思，看他为了木子忙前忙后，木子就只是跟我哈哈说笑，倒也觉得这也是幸福的开始，毕竟他们之间经历了那么长的岁月，也许这一次之后他们会更懂得珍惜，真希望他们能幸福。我告诉木子，文青的孩子快生了，文青和三子也算是我们老同学里的典范了，我说这话也是希望木子和李水能早一点修成正果。

李水看见我总有一些敌意，他说是我把木子拐到这么远的地方来，这件事严重破坏了他和木子的感情。

这话说得我一顿饭都吃得不太安宁，心里一直有些自责，又有些为木子担心，李水这个男人有些自私，他从不愿意从自己的角度去看还欠缺什么，他永远是对的，错的只是别人。

但是木子告诉我说这世上能制服得了李水的只有一个人，那就是她木子！

就在李水来看木子之后的第二天，我接到路粉粉的电话。

路粉粉在电话里特别急躁又特别神秘地说：“快来南京，文青出事了，电话里说不清楚，来了再说，不要告诉任何人。”之后她又加了一句，“来见最后一面吧！”

什么叫见最后一面？这句话把我吓坏了，我问路粉粉到底怎么回事，她只是让我赶紧过去。

我放下电话就朝南京奔了，我到的时候看见召娣也已经到了，我们在路粉粉家里集合，然后路粉粉带我们去找文青，走的时候她还诡秘地问：“没有人知道你们来见文青吧？也没有人跟踪吧？”

我和召娣基本被吓得没魂了，就算以前我们一起打劫过西瓜地，可是我们也没有胆量来承受路粉粉的这两句话，这两句话可句句要命啊！

“没有人知道，我连木子都没说。到底发生什么事了？”我们一边走一边问路粉粉。

路粉粉说话的时候声音很轻，我和召娣就挤到她头跟前去听。

“是三子出事了，现在之前他的那些投资人合伙人都要把他告到法庭了，说他骗钱，具体是个什么情况我就不清楚了，也不好多问。反正现在三子带着文青躲到我这里了，他们租了个地方藏身，然后会再找其他路子到别的地方去，我跟文青说了，我这里只是暂时躲避，以后他们去了哪里最好连我也不要告诉。所以，这次可能是最后一次见面。”

路粉粉说完我们都愣了，万万没想到是三子出事了，看三子发迹了，以为文青跟着他可以开始过舒服的阔太太生活了，没想到竟然是背井离乡。

“文青可以离婚的，不用跟他一起出来东躲西藏。”召娣忽然想了这么一招。

我也赶紧点头，这确实是最好的办法。

路粉粉又摇头：“她不肯，她孩子刚刚满月。”

“啊？孩子生了？”我和召娣异口同声地问。

“生了，是个大胖小子。”

“文青这到底是什么命啊？”召娣沉思着说。

路粉粉看了看我们欲言又止，我和召娣都看出来了，逼着问她到底还有什么事，这时候路粉粉才叹口气说：“三子这个没良心的，说文青跟着他是个累赘，早晚拖累他。不过这话等会你们千万不要跟文青说，这是三子在我面前无意说出来的，回头你们试试看能劝文青离婚就离婚吧。”

我和召娣一听立即义愤填膺，说这婚必须得离，文青现在年纪轻轻，只有离婚才能有更好的前程。

在说这话的时候我们都没考虑到孩子这件事，等到我们见到文青，见到孩子，我们多少有些底气不足了。

文青像个没事人一样笑着招呼我们，还掀开衣服将肚子上的妊娠纹给我们看，以显示她是怎样历尽艰辛才有了怀中这个可爱的宝宝，她幸福的样子在告诉我们，现在三子和孩子，就是她的全部，即使这样背井离乡，即使真的没有机会再见我们，她也心甘情愿。

我和召娣还有路粉粉到底还是将文青训了一顿，结果换来文青的反击。文青说召娣有本事你分手的时候我才知道召娣已经和她的胖子在一起了，而且她还不敢告诉家里人，她怕遭到反对，她说胖子除了对她好，其他的什么都没有。我们都安慰她说，这一点是最重要的，但是我们没有说明白，其实其他的也很重要。

我从文青那里气愤地离开，然后见了哈悠，然后又匆忙辞职北上，这一切来的那么突然，就像文青生活里的骤然大波，哈悠也让我开始迷茫，并且前所未有的面对自己的内心。

离开广州那天天气晴好，秋日的阳光依旧有惨烈的味道，木子站在阳光下像一片缺水的树叶，她有些忧伤。她说：“我猜你可能是因为哈悠。哈悠说他要留在广州。可是我们不能再一起看帅哥了……”

我真是讨厌死了这种全世界都知道我喜欢哈悠的感觉，为什么你们都不早一点告诉我？为什么现在都不能再有结果了你们却又来提醒我？我本来就是一个对感情迟钝的人，现在既然我对兔牙说我要做他的女朋友，我就会好好地遵守我的诺言，我不希望做一个叫自己讨厌的违背诺言的人。

“木子，不是的，其实，我真的是因为梦想，我想出去闯一闯，不管输赢，这辈子我都不会遗憾了。就像你，你坚持不回去，难道不就是为了以后没有遗憾吗？其实我们是一样的人，所以你应该理解我。”

木子笑了，说：“走吧！我们注定四处漂泊，即使有时候会羡慕那些在家乡舒舒服服地过着小日子的人。”

我挥手跟木子说再见，离开了广州，离开了哈悠，离开了一段人生。

我其实是怕整日面对哈悠会心意迷乱，我听说他已经有了女朋友，我也不想见那个女孩，我已经习惯哈悠对于我来说是一个永远不得相见而相见时只在梦里的状态，面对着他，我几乎不知道如何说话。

生命里总有一些人，从一开始就注定是错过的命运。

刚上火车，我接到一个陌生的电话，电话里一个好听的女声说要和我谈谈关于我正在连载的那本小说的出版事宜，我又惊又喜，电话里说好可以面谈，因为我已经在去北京的路上。

放下电话才注意到坐在我面前的一名男乘客微笑地看着我，他戴着眼镜，一脸的腼腆，白色的衬衫，领口的扣子没有扣，腕上的手表没有完全显露出来，看不出牌子。

“北京是个好地方。”他笑着说。他说话的口音也听不出来是哪里人，普通话很纯正。

“嗯，所以很多人都想去。”我回答他。

“我在北京生活了二十年，从出生开始，后来觉得北京完全呆不下去，于是我到了广州，又一个十年要过去了，忽然发现有些想念北京了。我叫舟亢，就是航字拆开。”他说起话来跟他的腼腆不太符合。

“我叫十各，就是备字拆开。”我对他说。

说完我们都笑。

虽然后来我们都知道对方说的名字都不是真名，但是那一路旅程还是以一种美好的姿态存在于回忆里。而且后来我就用十各这个名字来发表小说，我也叫他舟亢。

他开始给我介绍北京，关于北京的天空和马路还有语言以及小吃，他说起北京的胡同就像说起初恋情人，那种甜蜜和遗憾尽在眼底。

终于在快到北京的时候他说到了他的哥们和女朋友，他将眼镜拿了下来，放在手里擦了擦，然后装进眼镜盒里，说："昨晚她跟我最好的哥们上床了。"

我以为他在开玩笑，但是这一路他都没有跟我说过一句玩笑话，所以这句话让我不知道如何接下去。

"然后我才发现我整个人轻松了，因为我并不爱她。"

"可是……你看起来不是很好。"

"那是因为我失去了我最好的哥们！"

第十二章 梦想

到北京之后的日子比我想像的要艰难得多。

小说最终没能签约，这意味着我还要继续过着没有收入的日子，银行卡上的存款数字越来越小，有时候我会在黑夜里惊醒，觉得自己就要撑不到天明了。

我终日将自己关在租来的只有五平米的小黑屋里对着电脑写那些离我遥远的故事，住到这里一周多了，跟我合租的三个人我只见过跟我接头的那个，其他的只是听见过声音。有一次听见她们在客厅吃晚饭的时候议论我的生活，她们一方面怀疑我可能在研究什么科学领域的东西，一方面又觉得我可能是北上来寻找演艺梦想的傻丫头。但是最终她们将第二种猜想排除了，可能是因为她们觉得我不够艳丽。最终她们通过我黑白颠倒毫无规律的作息总结出一条，我是苦逼的 IT 民工，而且还是在家上班，反正也就是写写程序。

我从没解释过，其实是因为我还没有机会解释，我将所有的希望都投注在我的新书上，这次如果不成功，我就得从北京滚蛋，在很多人的笑话里滚蛋。我爸妈已经打电话来勒令我停止这种愚蠢的自杀式追求梦想的活法，我跟他们大吵一架之后继续我行我素。我已经说得很明白，我说我不是傻到没饭吃也还要空谈理想的人，我只是觉得人生匆匆，如果我一辈子都没有为自己的梦想奋斗过我一定会鄙视我自己，以后不论我过得如何，我心里终究有一些不甘。我就想拼一次，一次就好，如果事实证明我的梦想只是幻想，那么我会立刻投身到生存的现实里去，好好地工作，好好地养自己。

但是他们觉得就连拼这一次都是没有必要的，他们已经看出来我注定失败的未来。于是我觉得我们没有必要再谈。

兔牙在听我说了我的打算之后，很惊讶，他对我说话的口吻让我觉得温暖。

“艾宝，我真的没想到你敢这么做，因为我觉得我未必敢，虽然说我们还年轻，后面还有时间给我们重来，但是很多人依然不敢，而且大家都不知道到底是什么阻止了自己的勇气，总之在前进的时候有很多理由让自己停下来。我很佩服你。不管前面是什么，没关系，我陪着你走过去！”

兔牙是当时唯一支持我的人，他的支持很有现实意义，因为他让我的银行卡上的数字保持在不会被饿死的状态。

那时候兔牙还没有回国，我特别激动地在电话里告诉他，你一回来我就嫁给你！

兔牙也许并不知道他的支持对我的意义，因为就连路粉粉和木子都打电话劝我回头是岸。我开玩笑地对她们说，你们真的太不了解我到底有多少超过你们想像的才情了。

而召娣则是经常打电话来大诉苦水，关于她的爱情和家人都让她喘不过气来，所有的复杂的情感交织在一起，已经不是分手两个字可以解决得了的了。

当时我整个人的状态都很差，长期不见阳光的生活让我的脸色和心理都越来越灰暗，我觉得这个世界上根本就不存在真正的情感这种东西，千百年来这东西的各种解释和论证都说明它本身就是虚无缥缈的，现在的事实更加证明了这一点。

正好召娣给我讲的她的故事更加有力地印证了这一点。

她在她弟弟生日前夕给我打电话，诉苦，声音听起来那么哀伤。

“他们那么多人打电话或者发短信给我提醒我小弟的生日要到了，让我不要忘记祝福，当然，最好还不要忘记给礼物。可是去年我的生日的时候，他们没有一个人想到我，没有人给我祝福，更别说礼物。”召娣很幽怨。

“这很正常，你们家女孩太多，只有一个弟弟。”我安慰她说。

“他们给我打电话，就只知道说没生活费了，从来也不问问我是怎么过的。毕业以后我就供着弟弟妹妹读书，自己一件好衣服舍不得买，头发也舍不得打理，到现在连个电脑都没给自己买，我弟弟都已经有笔记本了。还有，我高中时就坏了一个牙齿，吃饭很痛苦，我曾经想着，以后我挣钱了，第一件事我就是要去换了那颗倒霉的牙，结果我自己的还没钱舍得去换，妹妹来个电话，说牙坏了没钱换牙……”

“召娣，真开心有你这个朋友。听你说说你的事，我就觉得我的人生原来还没那么糟糕。”

“艾宝你就落井下石吧，我反正现在已经这样了，我也不信人跟人之间存在什么感情这种假话了，连亲人都在想尽办法从你身上获得利益，你说，人跟人之间还能有什么？所以我也不怪你落井下石，我都看透了。”

“你要是真看透了你就不会气愤了。”

“我没有生气，我气的不是这个。我总觉得他们都不理解我，他们整天在跟我说要我找一个好男人，叫我和现在的男朋友分手，其实我都明白，不就是因为他是个穷光蛋吗？我也想找个有钱的男人啊，可是人家要我吗？换了别人，人家愿意整天拿钱补我们家的大窟窿吗？”

召娣的话让我忽然意识到谈恋爱到了最后就不是自己的事了，当初只在意他会不会喜欢自己，如今还要在意自己的家人会不会喜欢他。

曾经的恋爱有多简单，现在就有多复杂。

“确实不好找，你可以告诉他们，你找不到，他们要是能帮你找到你就分手。”我给召娣出了个不算主意的主意。

“这个话我还真说过了，但是他们都说这是我自己的幸福，当然要尊重我自己的选择。真是典型的自相矛盾，一方面要尊重我的选择，一方面就逼迫我放弃自己的选择。我这是觉得人生无奈生活无意义，每天都在被各种烦恼包围，活不下去了。”

听召娣这么说，我真的再也不能告诉她我也觉得活不下去了，我怕那样的话，她提着两把刀或者两瓶酒就来找我了，喝完酒之后借着酒劲拉着我跳楼或者拿着两把刀去抢银行。

此时黑夜里恐惧和未来的茫然会包裹着我，让我觉得再也找不到出口走下去了，所有人都在等着看我怎么失败和后悔，我有种深深的孤独。

以往的所有的炮灰经历和如今的孤独比起来都不算什么了，此时这种强大的带有毁灭一个人的邪恶力量的孤独才是人生里永远都无法战胜的魔怔。

这时候我在网上认识的也和我一样写故事的姑娘将我介绍给了周郎。这个姑娘此时正处于失恋的低潮期，因为失恋她从北京去了广州，轨迹恰恰和我相反。周郎是一家小的出版公司的老板，因为认识周郎我才知道北京几乎遍地都是这种文化出版公司，做着盗版和非盗版的各种图书生意。

在和周郎见面之前我们开始在网上聊天。很奇怪，聊天的内容不是从图书开始的，也不是以图书结束的。

“其实我这么多年都做累了，我是从广东过来的，钱也挣得差不多了，我现在就想找个姑娘结婚然后好好过日子。”周郎在网上打出这么一行字的时候我开始觉得这个人不靠谱，但是一想到他有可能会签下我手上的小说，给我不错的稿费，我还是硬着头皮跟他聊关于他人生里还没出现的姑娘的话题。

“找老婆其实很容易，只要你知道你想要什么样的，像你这样事业有成的男人想找个老婆简直跟去饭店吃顿饭一样简单。”我说。

“我已经相过好几次亲了，有的是我看不上人家，有的是人家看不上我，我开始觉得我这辈子都有可能不结婚了，我今年都三十五了。”

“三十五算老吗？北京没结婚的三十五岁的女人满大街都是，更何况你还是男人呢？别担心。”

然后他发了个笑脸过来，说我真乐观。

我尽量把话题往我的小说上面引，为了话题的连续性，我硬着头皮说：“你看，比如像我这种写小说的文艺女青年，不知道有多少想嫁给你这样的做出版的老板呢，以后就近水楼台一帆风顺了。”

他又发了个笑脸，说：“要看缘分。对了，你有工作吗？”

“没有。”

“没有工作在北京很难混下去，要不你来我这里做个编辑吧，一边做编辑一边写书，而且编辑也是跟你的兴趣很合拍的工作，你看怎么样？”

我仔细想想似乎也有道理，说考虑考虑，他立即跟我要了电话号码，说要详细跟我谈谈关于在北京生存和工作上面的事，并且对我的小说发表一些他自己的看法。

那时候我已经将我的小说给他看过了。

和一个基本上可以定义为陌生的男人第一次打电话竟然能聊一个多小时这件事让我很震惊，但是最震惊的不是这件事本身，而是电话结束了我竟然不知道他到底都说了些什么。

虽然他那句你的小说很有特点但是深度还不够，说得很中肯，虽然他那句每个人都在等缘分也说到了我的心里，虽然他那句你可以来应聘我的助理的话也很让我心动，但是我完全不明白这些话为什么要讲一个小时，以至于最后我完全不知道他的重点在哪里。

最后我忍不住了，终于问道：“你说吧，到底要怎么办吧！”

他回答说：“你明天来面试。”

我竟然不假思索地讨价还价说："后天吧，我后天才有空。"

他想了想，说："好，后天我正好也有空，就后天，我过去接你。"

我答应了他之后开始忐忑，我预感这根本不是一次面试，这更像是一次相亲，也许我跟他一眼定情，于是我应聘上的也就根本不是他的助理而是他的老婆。

我在思考怎么对兔牙说关于面试这件事，这时候兔牙忽然打电话给我。

"艾宝，你猜我在哪里！"兔牙的声音显得很兴奋。

"你不会是在北京吧？"我忐忑地问。

"不愧是我的艾宝，这么聪明，快来接我！机场呢！"

"你都到机场了才给我打电话，我去接你还不如你直接打车来我这呢！"

兔牙呵呵地笑了，说："小样真经不起考验，我不就是想看看你会不会真的来接我吗？得了，我自己过去，地址发我手机上！"

挂了电话之后我想了半天也不能确定我到底住在首都的哪一块，更别提具体的地址了，于是我给合租的姑娘发了个短信，然后她把地址告诉我，我才告诉了兔牙。

大概过了近两个小时，兔牙到了。

一开门看见兔牙，我们俩都是一愣，没有拥抱也没有惊喜，两个人像个木雕一样互相看了看，然后尴尬地一句话也说不出来，我皱了皱眉头，兔牙也皱了皱眉头。

我皱眉头的原因是我没想到兔牙这么仪表堂堂地站在了我面前，他浑身上下都透着一股精心装修过的气味，我觉得这样的兔牙离我很远，我喜欢那个随意地站在我面前对我笑，或者对我皱眉说他又失恋的兔牙。

他为什么皱眉呢？

我正在想着这个问题的时候，他就告诉了我答案。

"你怎么成这个样子了？"他说这句话的时候眉头依然没有展开。

“我怎么了？”

“你不是以前那个艾宝了。”他说着还在房间里看了看，终于让他看见了镜子，然后他将我拽到镜子面前，指着里面一个蓬头垢面的怪物对我说，“你自己看看你自己，你看的下去吗？你可以追求理想，这是你的自由，我很佩服，但是你不能在追求理想的时候不珍惜你自己的身体，你看你这张脸，黑黄的样子像是正生着大病的，你看你这头发，一天没梳了吧？”

我摇摇头。

他又说：“你不要狡辩，都乱成这样了……”

我看着他说：“我是一周没梳了。”

兔牙不再说话，然后他使劲摇头，说：“你这样不行，真的，你必须停止，你这是在自杀，我不想看你出师未捷身先死。”

“做什么不是要付出代价的呢？你不努力怎么能有收获呢？你现在是嫌弃我还是厌恶我？你要是嫌我丑嫌我拖你后腿你就明说，我也不是会赖着别人的人，不用找借口。”我非常镇定地看着兔牙，说这话的时候我心里隐隐有些痛苦，但是兔牙的眼神告诉我，他现在非常非常排斥他面前的这个艾宝。

其实我也不想看镜子中的那个艾宝，我看见的时候心里也很吃惊，我没想到自己已经邋遢和萎靡成这副样子，面无血色双眼无神头发凌乱，街头的乞丐尚且还有健康的精神，我好像什么都没有，我自己也就要招架不住了。

兔牙和我都带着怨气对视了几秒，然后他落败，说：“好好，我们不说这个，我很饿，还没吃饭，一起出去吃饭吧！”

“我刚起床没多会，还不饿。”我说。

兔牙忍了又忍，终于他有些歇斯底里地喊：“你是我女朋友！我为了你才提前回来，结果一见面你给我的是什么？我从机场到这里，有两个小时的时间给你收拾自己，你好像对于即将要见到我这件事完全无所谓！好，就算我们已经彼此熟悉，没有必要掩盖自己的缺点，但是见面之后给个拥抱总可以吧？好，就算你很羞涩不好意思，一时之间还没接受我们的关系，陪我吃顿饭总可以吧？你说你为了什么所谓的理想和追求都把自己弄成这样了，到现在也就只有我还在支持你，你就这么对我？”

听完兔牙的牢骚，我整个大脑瞬间就炸开了，我想了半天，最后很不确定地问他：“那么，你的意思是说，我应该感激你是不是？”

我知道我说话的态度非常不友善，非常强硬，其实这恰恰是因为我的自卑和无助，往往被施救的那一方总是拥有脆弱的自尊心，不能受到一点点的伤害。

兔牙看着我，他伸手想给我理一下头发，但是我躲开了，然后我进屋把门关上，把身上的睡衣换下来，再次打开门的时候看见兔牙正站在窗口抽烟。

“你以前从不抽烟的。”我说。

他将烟掐灭，说：“现在偶尔会抽上一两根。”

我用一副报恩的姿态说：“走吧，陪你去吃饭。”

兔牙勉强地笑了，说：“去买菜吧，回来我做给你吃。”

我点头说好，还是一副你是我的恩人随便你怎么要求的样子。

兔牙开始努力想要讨好我，他的迁就有时候让我心里难受。

菜买回来之后他在厨房里独自忙着，我靠在门边看他忙碌的背影，在那么一刻，我忽然觉得其实奋斗啊梦想啊都根本不重要，人生最重要的是要有一个人，他愿意跟你平平淡淡地过一辈子，一定是平平淡淡，一定是一辈子。

我走过去，从兔牙身后抱住他，什么也没说。

兔牙停顿了一下，然后他继续忙活，笑着说：“你这样捣乱我们要什么时候才能吃饭？”

我又狠狠把他抱了一下，然后松开他，静静地站在一边，等着吃饭。

第十三章 追求

那天晚上兔牙留了下来，我在洗澡的时候一遍一遍地问自己，只有一张床，是不是真的已经想好了留兔牙在床上过夜。

最后，在我迟迟得不到答案的时候，大姨妈帮我解决了问题。

洗完澡，我站在兔牙面前，一脸遗憾地说："大姨妈竟然就在刚才光顾了我。"其实我心里有那么一些小庆幸，毕竟我和兔牙在确定男女朋友关系之后第一次见面，很多关系都显得很尴尬，我们还需要时间去处理。

"大姨妈？"兔牙脸上的遗憾显然比我要严重和真实得多，"大姨妈是个什么人物？难道是传说中的女生杀手？"

我点点头，说："这个杀手我们一辈子在斗争，永远都不会胜利。"

兔牙一脸遗憾地看着我，捶胸顿足，说："我软磨硬泡了你四年多，然后又是直线又是迂回了近一年，最后终于和你成了男女朋友，我们却分割两地，终于好不容易等到和你见面……你竟然来了大姨妈！上帝啊，全世界最糟糕的事竟然让我遇上了。"

我听着兔牙的话，听他从嘴里说出那些时间，之前我们做哥们的那几年一下子跟着浪漫了起来，“迂回”这两个字让那些之前一直以为干巴的岁月变得温柔和美丽，一时间我也对大姨妈到访这件事遗憾起来。

“那你今天晚上……睡在哪里？”我忐忑地问。

兔牙看着我好半天没有说话，但是他脸上的笑从淡淡的模样渐渐变得朦胧暧昧，然后他朝我走来，忽然将我抱在怀里，很长时间都没有说话。

我承认这种怀抱的温暖是我盼望许久的，我知道恋爱的男女最终都是要拥抱的，最终都是要接吻的，最终都是要睡到一张床上去的……但是我从来都不知道最后要和我做这三件事的会是我的好哥们兔牙。这件事原本在我的想像里是那么的突兀，然而如今真的就在眼前，他正抱着我，我才发现，原来温暖是一样的，并没有尴尬，也没有觉得不合适，他是我想要找的依赖，他给了我想要的宠爱。

“宝，其实我一直没有明确表白是因为我害怕我一说你就离开了我，我太害怕了，毕业以后才知道自己最不能忍受的事就是和你分离。真好，现在将你抱在怀里，终于知道你是我的了，我感到踏实。”兔牙低声在我耳边说。他声音带出来的暖流在我脖子里流淌，一直流淌到心里，我感到了他真切的爱。

我紧紧地抱着他，说：“今晚就睡在我这里吧！”

晚上我和兔牙相拥躺在床上，因为大姨妈的干预我们什么都做不了，只是拥抱。他时不时地亲吻我，这反而让他更加焦躁不安，后来我们坐着看碟片，一直看到凌晨三点多，看到实在累得不能睁开眼睛才睡去。

醒来之后已经是第二天的下午，我睁开眼想了半天，觉得我好像有一件重要的事想要告诉他，但是我又想不起来了。

“你想什么呢？”兔牙问我。

“我好像有事要告诉你，还比较重要。”

兔牙指了指床单，说：“你是说这床上的东西吗？”

我一看床单，竟然染了一大片的红，我一惊，说：“生物课上不是这么说的啊？我们不就抱在一起睡了一夜，我们好像没做其他的事吧？怎么这床单就红了？”

兔牙诡异地笑，说：“那你现在可是我的人喽！”

我还是不解，研究起来，说：“不太可能啊，按照我记忆里的程序，不可能这样啊……”

兔牙刮了一下我的鼻梁，笑眯眯地说：“傻瓜，可爱不是这样装的，你这不是初夜，你是分明是侧漏！”

我恍然大悟，哦了一声，说：“原来如此！”

然后我和兔牙一起站在水池边把被单洗了，两个人一边洗一边笑。

“你能嫁给我真是你这辈子中的最大的彩票了。”兔牙笑着说。

“可是我还是想看看我到底能不能中更大的彩票，你这个先不兑奖行不行？”

“过期作废！”

“那总归有个期限吧？”

兔牙瞪了我一眼，说：“你还来劲了？”

我耍赖：“你说嘛说嘛，到底什么时候过期！”

兔牙假装想了想，然后说：“三天吧！”

我笑了，说：“好，那就三天。我明天去看看另外一个彩票开的是什么奖！”

兔牙不相信地看着我，问：“你在说什么呢？”

我笑着说：“朋友介绍我认识了一个做出版的老板，是个单身的男人，他约我明天见面，他说他要招助理，但是同时呢，他现在也非常想招个老婆，我准备去应聘看看。”

我说得非常淡定，但是兔牙还是听出来其中的真实成分了。

“你不是认真的吧？艾宝，我知道你不会的。”兔牙看着我，等着我的回答。

我笑了，说：“你看我现在心里装着所谓的梦想，整个人已经走到看不见灯光看不见出路的地方了，本来不是很重要的梦想一下子就因为黑暗变得无比巨大，压得我找不到自己，这种感觉真是糟糕透了！”

兔牙忽然停下来了，就这么看着我，眼睛里都是疑问和担忧。

我依然是笑着，说：“你紧张什么？我开个玩笑！难道我要为了理想去卖身吗？那可不是我艾宝会做的事。”

兔牙依旧不说话，就这么看着我。

我也停下来了，用手勾住他的脖子，说：“你不要这样，你这样我会觉得我真的是想要卖身的。”

他慢慢地将我的手从他的脖子上拿了下来，然后握在他的手里，用力地握着，过了一会儿，他叹口气，说：“有时候，我们也不懂是什么让一切这么无奈，有时候，似乎又很明白，不过是没有钱。艾宝，你说让我走，我绝不挡你的路，只要你说，真的。”

我看着兔牙，他的眼睛红了，我忽然流下泪来，抱住他，说不会的我不会让他走，我要他永远在我身边。

但是这句话跟我还是要去见周郎没有关系。

周郎开车过来接我的时候兔牙还在睡觉，他一直背对着我，我分不清楚他到底是真的在睡觉还是不愿意醒来。

周郎比我想像中老了很多，而且大腹秃顶，一双眯眯眼看着我的时候我真想转身就走，但是他张口说了一句话，让我愿意跟他聊下去。

他说：“北京是一个充满梦想的地方。”过了好久，他又微微笑着加了一句，“但不是谁都梦得起。”

在他面前，我就像是一个什么都不懂的孩子，只是听他说话，然后点头说对，他带我去看了他的公司，他的住宅以及他新租的办公室，还让我和他的员工们一起吃了一顿大锅饭，然后又带我见了一位做出版的资深人士，据说是做盗版起家，如今已是风生水起。他们给我讲北京名人的那点事儿，讲某某明星当初出道时的八卦，我听得天旋地转，更加觉得自己像个什么都不懂的孩子，距离这个世界太过遥远。

一天下来，周郎没有提签约我书的事，也没有提上班的事，只是说了好几遍他心已累想找个人好好安定的话。

晚上我回到住处的时候，兔牙已经走了，他给我留了张纸条。

“你的袜子我已经帮你全部洗完了，以后要记得自己洗。”

就这么一句话，我却觉得心酸。

我看了一眼阳台上晾着的袜子，在刚刚落幕的夜色里摇摆，苍凉而喧哗，我想，兔牙也许不会原谅我早上离他而去了。

后来我没有再和周郎联系，倒是半年后他忽然要签约我的另外一本新书，当然，这都是之后的事了，那时候我已经走出最困难的境地了。

兔牙之后很久都没有跟我联系，我也不知道是因为什么也没有联系他，后来大约过了一个月，我开始梦见兔牙，还有我们称兄道弟的岁月。那些泛白的画面总是在梦里一遍又一遍地提醒我兔牙的存在，我总是一醒来就给召娣或者路粉粉打电话，终于有一天路粉粉宣布以后不再接这种无聊的骚扰电话了，因为她有充分的不接电话的理由，她有了孩子。

对于路粉粉怀孕这件事我和召娣都无比激动，文青的孩子来得很快，我们都还没来得及跟她一起去体会怀孕这件事的奇妙，路粉粉终于满足了我们强大的八卦心理。而且，很难想像，曾经跟你一起插科打诨的那个人，她现在就要变成母亲了，变成母亲这件事意味着一个女人真正的长大和成熟。

当然，我们最开心的是路粉粉终于不再是我们中间最漂亮的那一个了，孕期的肥胖臃肿和各种邋遢让路粉粉过上了猪一样的生活。

于是，那时候我总是在忧伤的梦境里醒来，然后笑眯眯地跟召娣通着电话。

“粉粉会生个什么样的孩子呢？我每天都在想这种奇怪的问题，觉得太神奇了，她竟然要做妈妈了。”我对召娣说。

“我也常常不敢相信这是真的。你们的进度都太快了，我这男朋友还没着落呢，这都有两个人当妈了。”

“别用你们，我可也没着落呢！”

“得了，你的事谁不知道啊？听说哈悠跟你又联系上了，怎么样了？”

“哈悠是谁？”

“你就装吧！”

后来我就顺着召娣的话去想关于哈悠的一切，我非常投入地去想哈悠，我想让哈悠进入我的梦乡，我真的要被兔牙在梦里频繁出现这件事逼疯了。

但是这个实验还没成功我就接到了木子的哭诉电话。

“艾宝，我怎么办？怎么办啊？”木子在电话那头哭的很伤心，抽泣声让她的话断断续续。

“发生什么事了？你慢慢说。”我心里当时第一反应是李水出事了。

“我刚才接了个电话，是个女的……”说到这里，木子得哭声立刻将话都淹没了。

“你不要告诉我说那个女的说她是李水的女朋友！”

“你怎么知道的？你是不是早就知道了？”木子因为惊讶哭泣缓和了一些。

“不会是真的吧？我完全凭第六感猜的，不过这情节可真老套。你不要哭，这有什么好哭的？就贱男一个！”

木子的抽泣声慢慢低了下去，然后她开始详细地给我描述情况。

“她问我，你是李水的什么人，我说我是他女朋友，然后她很镇定地对我说，我也是！我当时就懵了，现在我完全不知道怎么办了。”木子说。

“你问李水了吗？”

“还没，我不知道要怎么问他。”

“不用问了，直接分手吧！”

这是我人生里第一次劝别人分手，虽然后来我还劝过别人离婚，但是人生的第一次总是很重要很忐忑，需要比其他时候更大的勇气，这勇气来源于我对李水的失望。

木子听我这么一说，先是沉默，后来我忍不住了，在电话里把李水大骂一通，木子才说好的。

我不信木子会真的分手，最后我决定去广州看着木子。

离开广州的时候没有想过再回来，就好比现在重新回到广州的时候也没有想过再离开一样。

在回广州的火车上我又遇见了舟亢。

“你又回去了？”我问他。

“是的。你也回去？”他又问我。

“嗯，回去了，北京不适合我。”我说，“你是为什么回去？”

“参加朋友的婚礼。”他说着拿出烟，准备点之前问我可不可以，我点了点头。然后他点燃那支烟，苦笑一声，接着说：“就是我前女友和我哥们的婚礼。”

我当时一口水就喷了出来，真的是直接喷了出来，然后他默默地把脸上的水擦了擦，把湿了的烟掐掉了，又重新拿出了一支。

“你可真淡定。”我夸奖他说。

“这不算什么，一支烟而已。”他说完和我相视一笑。

他懂了我的问题，我也懂了他的答案。

“看来他们是真心相爱，你也可以给自己理由原谅他们了。”我安慰他说。

“他们就是顶不住压力了，装作是真心相爱，然后一副很骄傲的样子让其他人都原谅他们。其实对我来说真的无所谓了，我去参加婚礼并不表示我说原谅他们了，而且让他们知道，我他妈的无所谓，他们对我来说根本就是无所谓的路人，所以我随便你们怎么搞，我真的无所谓！”他说着说着激动起来，脸涨得通红，手里的烟微微颤抖。

“舟亢，舟亢……”我赶紧叫了他两声，想把他拉回到现实里来。

他看了看我，半天没有再说话，我知道，他在让自己的情绪平静下去。

“你确定你真的要去参加婚礼吗？”我小心地问他。

他深深地吸了两口烟，望了望火车窗外一晃而过的景致，然后笑着看了看我，说：“没事，我不会闹事的，我只是想去送上一份祝福。”

“真的？”

“真的。我都想通了，再做朋友当然是不可能的了，我还没有大度到那个程度，但是就算是无关的两个人，他们找到了人生伴侣，并且能够在一起了，这都是值得祝福的事。我觉得这个事太他妈的让人开心了，你说我们寻寻觅觅一辈子，不就是想找一个可以陪伴自己的人吗？如果能找到那个可以让你不顾一切放弃自由跟她一起掉进婚姻的火坑里的人，就是被世人咒骂，那也是幸福的。我就找不到这样的人，所以我羡慕每一个能找到的人。”舟亢说完又吸了一口烟，说，“你找到了吗？”

我还从来都没想过这个问题，所以当时一愣，然后笑眯眯地说：“我还年轻，有的是时间等。”

“小姑娘，没那么多时间可以等的，等着等着，时间就没了。”

“那么我该怎么办？”我问舟亢。

他笑了，说：“我怎么知道？我连自己该怎么办都不知道。”

然后我和他哈哈大笑。

后来我们又聊了很多，对于一个陌生人往往会说很多在朋友面前不敢说的真心话，有很多很荒诞的想法说出来之后我们都哈哈大笑。比如他说他其实很想拿把刀把那两个要结婚的人都砍了，他还想做一件特别自虐的事来让他们两个人永世不安，比如自杀之类的。我说我想抢银行，如果有可能，再抢一个帅哥和一份真爱。

后来我们聊着聊着就睡着了，一睁眼，已经到了广州站，我们匆匆下车，然后说再见。

一直到分别，我都没有告诉他，其实我早就看见了他手腕上的伤疤。

第十四章 他是记忆的偏差

“艾宝，其实你不用专程为了我赶回来，这么远的路……”木子帮我提着行李一边走一边说。

“我也不是专程为了你，其实是我想离开北京。”

“怎么了？”

“北京……气候不适合我。对了，我现在先住在你那里方便吗？”

木子非常抱歉地看着我，说：“李水在我那。”

我当时二话不说，从木子手上拿过行李转身就走。

“喂！他是来解释和道歉的，艾宝！艾宝！”木子大声叫着我。

我加快步伐，完全不想再看见这个毫无定力的女人！

“等你自己谈一场四年的恋爱你就知道了，分手根本不是那么简单的事！”木子还在我身后说着，“除了他，我也不知道我还能跟谁在一起，最要命的是，我就喜欢他，你懂不懂？也不是没有别的男人追我，坚定不移地追了我几年的男人也大有人在，为我做过很多浪漫的事的男人也不少，但是我只喜欢他，喜欢的人只有他，你懂不懂？艾宝！你给我站住！”

我忽然就站住了。

木子的解释真是叫我无奈也无能为力，有什么办法能让一个女人不去喜欢一个她就偏偏喜欢的男人呢？有一句很知名的话说得好，哪个女人没有爱过几个混蛋？可是得到什么时候才能让她明白她爱的是个混蛋？就算让她明白他是个混蛋，又有什么办法可以让她不爱他？

我转身，对木子说："一起吃个饭吧，不要带李水。"

木子说好的。

我先找了间旅馆，把行李放下，然后和木子去附近的饭店吃饭，要了两瓶啤酒。

木子摇头说她不喝，但是我一杯还没喝完，她就喝完了一瓶。

后来又加了两瓶。

然后我们的心情瞬间就好了起来，我们说起了高中时候的那些旧事，木子反复说着李水曾经在她抽屉里塞过哪些好吃的，说到了李水的那个小女友，然后她笑着说："你知道我为什么会原谅李水吗？不仅仅是因为我爱他，是因为我真的相信他会改，因为他原本不是这样的人，他之所以成为这样的人，恰恰是因为他太痴情了。他和他的小女友分开，是因为那个女的伤害了他，那个女的后来转学之后就跟别人好上了，但是没有和他分手，继续做着他的女朋友，忽然有一天，那个女孩怀孕了，孩子是另外一个男人的。那个女孩之后就退学回家结婚了，李水整个人都疯了，在她结婚的前一天下午开始就在她家门口守着，一直到她上了婚车离开，那女孩也没有再见他一面。他这么做只是想努力一次，看看还有没有重新和那女孩在一起的机会。那件事之后他就变得不相信女人，他心里都是伤痕，我总是相信我能抚平那些伤痕，虽然现在我的自信心不如从前了，但是我还是抱着一丝希望。"

很显然，这个情况完全出乎我的意料，听木子这么一说，我开始觉得自己操心太多了，木子比我更清楚她自己在做什么，而且也知道要怎么做，我这个自己是个什么情况都还完全摸不清楚的人，怎么能随随便便就叫别人分手？

听这个故事的时候我已经喝到八分醉意兴起的份上了，但是我还是不忘给路粉粉发个短信。

我说："粉粉啊，别张罗着给召娣找男朋友了，她目前这个男朋友至今都没有分手肯定有没有分手的原因，别操心了。"

之所以给路粉粉发这个短信是因为我已经多次和路粉粉商量该给召娣找一个怎样的男朋友来帮她解决掉目前遇见的所有困难了，召娣的问题症结都在于她有一个大家全部不看好的男朋友，只要把男朋友换合适了，什么事就都解决了。

结果路粉粉回复我说："她目前之所以还没有分手就是因为她还没有新的男朋友！"

我对着短信笑了，对木子说："看来路粉粉的脑袋瓜子因为怀孕这件事更加笨了。"

木子问我发生了什么事，我摇摇头，趴在桌子上，说："各种乱七八糟的说不清楚也解决不掉的事。"

木子沉默了几秒，忽然说："对了，我告诉哈悠你今天回来的事了。"

我立刻来了精神，抬起头来看着木子，心说木子你不能这么害我啊，我兔牙这一头还没理清楚呢，你又跟我提什么哈悠啊？

但是木子下一句话更让我崩溃了，她说："我跟他说好了今晚和你小聚。"

"你怎么不提前告诉我？"我心里开始有点乱了，不知道该怎么办了。

木子很不以为然，说："这有区别吗？反正你是要见他的。说句真心话，艾宝，如果你再喝一瓶啤酒，你会不会给哈悠发短信告诉他你来了，然后希望他回复你说他要来见你？"

我使劲摇头，说绝不会！

木子也有些醉了，就凭她会这么问我就可以肯定她也有些醉了，因为清醒时候的木子从来都不会把她是怎么想你是怎么想的这种话说出来。所以她听见我说绝不会的时候非常诡异地笑笑。

然后我沉默了。

我在心里问我自己，真的绝不会吗？

虽然我没有一定要见哈悠的理由，但是我也没有一定不见他的理由。

吃完饭我跟木子坐在路边吹风，为的是见到哈悠的时候身上的酒气能少一些。

哈悠就这么在我完全没有提防的时候朝我走了过来，他身后的灯光将他的身影一直长长地拉到我面前，我抬头去看他，顺着影子的方向，我看见了他脸上的微笑，虽然不清楚，但是我知道他笑了。

于是我也笑了。

他走过来，坐在了我身边，说："本来想说去接你的，但是实在是有些忙，后来木子说她去接你，我就没有去。"他跟我解释这件事的时候我觉得我像是他的顾客或者客户，他的客气和疏离让我心里翻涌着流泪的冲动。

上个秋天见面的时候虽然我们都话不多，甚至他看我的时候都没有什么笑容，而且他还说了一些莫名其妙的话，但是我知道，他的心在哪里，我的心在哪里，我还知道，我们对于彼此，是特殊的存在。

然而此时他的笑容就在我眼前，他却已经离我很远很远。

"好拉，你不要给她客气啦！"木子笑着说，她说话的时候嘴里的酒气顺着风就飘了过来。

哈悠笑着问："你们喝酒了？"

我和木子都点点头。

哈悠接着说："本来还想请你们喝一杯的，看来又没机会了。"

“没关系，我们还可以再喝。”我说。

哈悠很夸张地哈哈大笑，说：“艾宝酒量见长嘛！”

“难道你知道我以前酒量不行？”我反问道。

哈悠一时有些尴尬，但是马上他就很自然地接过话说：“以前从来没见你喝过酒，猜你可能不能喝，今天竟然见到你喝酒了，可见你经常喝，经常喝，自然酒量就好了。”

“以前你没见过我喝酒是因为你见我的次数太少，今天你看见我喝酒是因为人生太操蛋了！”我不知道我为什么要这么说，但是我看见哈悠那副把我当成路人甲乙丙的样子就很想发火，我想大声对他喊，告诉他我暗恋过他，我为了他离开了广州，或者至少有一半的原因是因为他才离开的，我还因为暗恋他这么一个木头脑袋的男生以至于对我后来的恋爱生涯产生了很多负面的影响，我还想让他负责……

但是负什么责呢？娶了我还是赔偿我？

当这些念头从我心上走过的时候，我却连看都不敢看哈悠，我的目光落在远方模糊的物体上，心却看着哈悠。

哈悠竟然竖起拇指夸我说：“艾宝还是那么爽气，女中豪杰的样子！”

我无奈地将头靠在木子的肩上，说：“木子，回去睡觉吧！”

木子说：“别啊，才刚见着哈悠呢！”然后她又问哈悠，“你有什么好玩的介绍介绍吧，艾宝难得回来，怎么着也得带她玩玩。”

我抬起头，看着木子，说：“不不，这次回来我就不走了。”

木子惊喜地问我是真的吗，我说是真的。

哈悠在一旁搓了搓手，欲言又止的样子，这时候他手机响了。

“哦，见到了，你过来吗？”哈悠对着电话问。

我看了看木子，小声问：“女朋友吧？”

木子摇摇头说不知道。

哈悠继续打电话。

“你不舒服了？哪里不舒服了？好，我马上回来。”

哈悠电话一挂，我和木子赶紧拷问是不是女朋友的电话。

我问哈悠的时候一副夸张的模样，连我自己都觉得自己很假。

哈悠羞涩地笑笑，说：“女朋友，不过应该很快就会请你们喝喜酒了。”

我说：“真好，我也快请你们喝喜酒了，估计还会在你们前头。”

哈悠又寒暄了几句关于喜酒的事之后就离开了。

哈悠走后木子问我：“你真的快要结婚了？怎么都没听你说起过，你跟兔牙进展挺快啊！”

我笑笑，说：“没影儿的事呢，我就随便说说。”

木子很快意识到问题所在，问我说：“你故意的吧，哈悠有女朋友了你不舒服了吧？”

我坚决反对了这个说法，我对木子说：“我不懂你为什么一定要喜欢李水，你也不会懂我为什么一定要纠结于淡漠。”

见了哈悠之后我的情绪落到前所未有的低谷里，我开始觉得以前所有的情感纠葛都是假的。我是不是真的暗恋过哈悠，哈悠是不是真的对我有过好感，这些问题根本不需要答案，以为现实会给你一个更清晰的事实，那就是岁月会将所有的故事讲完，然后重新讲一个新的故事，新故事里，你只是个配角。

我更加想念兔牙，享受过他的拥抱之后就再也无法忘却那种温暖。

我总是拿着手机找到兔牙的号码，然后想各种给他打电话的理由，却没有一次拨通那个号码，我不想让他觉得我又在一个无法前进的路口想要得到他的帮助。

那天晚上我无法入眠，我刚刚写完一个故事，正对着手机发呆，手机却忽然触电一般地响起，我一惊，再一看，竟是兔牙打来的，于是心跳因为惊喜毫无规律。

“怎么是你？”我接通电话说的第一句话竟然是这句，说完我就后悔了，但是覆水难收了。

“不能是我吗？”兔牙的声音很平静，而且还带着笑意。

“不是那个意思，只是……只是……很意外。”

“最近很忙，都没能有时间给你打个电话。你最近好吗？”

“哦，还不错，我回广州了。还有，我也有勤洗袜子。”

兔牙竟笑了，说：“我本来还想跟你说呢，如果你又有很多没有洗的袜子，我可以过去帮你洗，看来不需要了。”

我听兔牙这么一说，立即后悔刚才说错话了，于是赶紧补救，说：“虽然是勤洗，但是还是有一些积压，你要是愿意过来帮忙，我也不会反对的。”

“那我是作为什么身份去帮忙的呢？”

“你想作为什么身份？”

“老公。”

兔牙这个回答把我吓住了，心里想着他不会是想要求婚吧，如果真的是求婚我还真不知道该答应还是不答应，虽然现在有个男人站出来说想娶我是一件对我来说非常得意的事，但是我还完全没有想好要不要嫁人，我对未来的一切都还模糊得很。

兔牙见我半天没反应，又说：“你不会以为我想要娶你吧？一个连袜子都洗不好的姑娘，我娶回来干吗呢？”

我听兔牙这么一说，哈哈地笑，夸他有见识。

“那你在哪里，我去找你。”兔牙说。

我想了想，说：“算了。”

“怎么了？”

“还是我去找你吧！”

兔牙很高兴地将他深圳的地址告诉了我，他又回到了深圳。

我打点好行装准备去找兔牙的时候接到了两个电话。

第一个电话是一个出版经纪人打电话表示对我的某个小说很感兴趣，想签约出版。第二个电话是路粉粉打来的，通知我再次去南京相聚，说文青去了南京。

这两个消息都很叫人振奋，加上我又和兔牙和好，我立即觉得生命中的春天到来了。

我给兔牙打电话说我要先去一趟南京然后再去他那里，兔牙在电话里的声音非常遗憾和忐忑，他不相信地问我："艾宝你说实话你是不是后悔答应我过来了？"

"我就是那么不靠谱的人吗？我去南京真的是因为一个重要的聚会。"我当时之所以不敢把文青的事告诉兔牙是因为我想着万一哪天东窗事发，这种包庇的嫌疑就不会落在兔牙身上了。

"什么聚会？"兔牙问我。

"就是以前老同学的聚会。"

"老同学……"兔牙慢慢地说着这三个字。

"你这么不相信我可就太没劲了，你曾经还当着我的面谈过那么多次恋爱我都没有嫌弃你，我一个冰清玉洁的姑娘这么愿意跟你谈恋爱，你不能老对我没有信心啊？"

兔牙叹口气，说："说实话，之所以对你没有信心就是因为你是一个没谈过恋爱的冰清玉洁的姑娘，你基本还处于对爱情一窍不通的状态，我简直不知道该怎么跟你谈情说爱。"

"我可是恋爱专家，以前是谁有事老找我咨询的？"

"所以你看在你的指导下我的恋爱全失败了。"

"你现在这是要秋后算账是不是？"

"算了，打住吧，你先去南京，然后再来深圳我们慢慢算账好吗？"

其实我一点也没生气，我现在心情前所未有的好，我一时间对未来充满信心和斗志，才没有空隙去生气呢。

只是这种老是拽着行李在遥远的城市之间奔走的状态真的很让我讨厌。

第十五章 相聚

我和召娣几乎是同一时间到的南京，然后我们一起去的路粉粉家，到的时候文青已经到了。我们看见文青的时候她正牵着一个小家伙，在她身后，站着三子。

上次看见那个孩子的时候他才刚刚满月，此时已经可以到处跑了，文青跟在孩子身后不停地叫着“慢点，慢点”，随时准备去捡各种他扔掉的东西，三子一直围着这娘俩团团转。

路粉粉的肚子已经鼓得很大了，我和召娣在路粉粉的肚子上摸来摸去，摸得小海很不满意，召娣就对小海说：“我们当初摸她肚子的时候，你还不知道在哪个旮旯里呆着呢！”

小海笑眯眯地说：“你摸嘛摸嘛，随便摸！”

文青看着路粉粉的肚子，相当有经验地说：“肯定是女儿，我们家的儿媳妇有着落了。”

然后路粉粉和文青就研究起肚子来。

我和召娣站在一旁看她们说起关于怀孕和孩子的问题没完没了的，就摇摇头，说这日子把她们过成了家庭妇女。

谁也没有想过有一天我们会成为家庭妇女这个庞大队伍中的一员，好像昨天我们还在操场上奔跑，召娣的短裤还在班主任的手电筒光圈里若隐若现，教室课桌上的三八线还在那里，我们却一个接一个地成了家庭妇女。

“艾宝你以后是不是就是她们现在这个样儿？”召娣指着路粉粉和文青问我。

我摇头，说：“坚决不能啊！我的人生还是充满着各种各样的理想的。”

路粉粉就插话进来，说：“等你有了孩子你再说这话看看！”

文青一副过来人的模样：“就是，现在婚都没结，说什么都轻巧！”

召娣小声对我说：“看，两个结过婚的一起攻击我们没结婚的。”

“嗯，纯粹是羡慕嫉妒恨！”我也小声对召娣说。

路粉粉看我们咬耳朵，说：“你们说我们什么坏话呢？”

“没有，就是在研究你胖成这样了以后还能不能减回去。”召娣说。

“然后顺带鄙视了一下你们炫耀提前结婚生孩子完成任务的事。”我补充说。

然后路粉粉就摸着自己的肚子和身上的肉笑眯眯地说：“你看文青，生完孩子身材还是跟以前一样，我以后肯定也这样啊！”

三子和小海在一旁听我们谈论这些，默默地笑着。

路粉粉挺着大肚子和小海一起给我们准备了一桌子的饭菜，然后我们一起喝了点小酒，三子坐在文青身旁，一会儿照顾孩子，一会儿照顾文青，我和召娣看在眼里，相视一笑。

晚上我和召娣挤在一个被窝里，说悄悄话的时候感慨文青终于熬到了好日子，也不枉她为了三子背井离乡。

我们说悄悄话的时候三子正在跟文青讨论某个韩剧的情节，三子说昨晚少看了一集，于是文青就给他讲故事发展到了哪里，他们身旁，是已经熟睡的孩子。

“这样真的很好，我看着心里觉得暖暖的，没想到三子会变成这样。”我真心地对召娣说。

召娣点头，说：“这也都是文青该得的，她对三子付出了那么多，三子要是还不对她好，简直不是人！”

“好了，现在不是挺好的嘛，就不要说这种话了。不过这次看他们这样，真是安心了。”

召娣也点头说是，然后她叹口气说：“你们都幸福了，就我还在受苦受难。”

“你要是真的受不了了就分手，不分手就是自作自受，不要再说这种没本事的话了。”

召娣在我胳膊上掐了一下，我啊啊直叫。

第二天一早路粉粉就对召娣说：“今天看时间安排，你们见个面。”

“谁啊？”我和召娣都奇怪地问。

“不是说了给你介绍男朋友了吗？你那个就分了吧。”路粉粉挺着肚子从我们面前走过去，我和召娣都扑哧笑了。

“你们笑什么啊？介绍男朋友有什么好笑的？”路粉粉不解地问。

我说：“不是，我只是看你走路的样子像个企鹅，觉得好笑。”

召娣也点头说：“是的，我也是笑这个。你说以前学校里那些给粉粉写情书的男生们要是看见她现在这样会是什么感想？”

“也许会想，可惜啊，这孩子不是自己的。”我开玩笑说。

“你们这两个没正经的，早晚你们也有这样的时候。召娣你快定时间。”

召娣想了想，说：“跟你开玩笑呢，我这还没分手呢，下回再说啊。”

路粉粉一脸的恨铁不成钢的表情，却也无可奈何，只能说召娣两句没用之类的话。

我还没离开南京的时候就迫不及待地给木子打了个电话。

“木子，我这次真的很惊讶，三子完全变了一个人，我没办法跟你讲具体是什么样，总之他现在对文青很好，他甚至还能陪文青看电视剧，这在以前根本都是不可能的事。”

虽然我没说明，但是木子和我都明白为什么告诉她这件事，因为我想给木子更大的信心，告诉她男人是真的会改变的，只要你用真心待他，他会还给你真心。

我甚至冒着危险给木子打这个电话，因为三子和文青现在还处于逃亡的状态。

我和召娣文青路粉粉的这次小聚和以往的任何时候都不太一样，因为有了随身的家属，文青还是一家三口，路粉粉也基本接近一家三口的状态了。我想着以后会有那么一天，我们每个人都是一家三口，坐在一张桌子上，说起那些与我们有关的岁月，会是怎样的情形呢？

和文青说再见的时候还是老规矩，她没有告诉我们她将要去的是什么地方，我们照样不会主动联系她，如果有什么事，她再联系我们。

送走文青之后我跟召娣还有路粉粉在路边一人吃了一碗豆腐花，吃豆腐花的时候我和召娣说的是老家街角的一个旧铺子上的小吃，路粉粉却望着面前豆腐花里的辣椒说：“都说酸儿辣女，难道我真的怀的是女儿吗？”

我看着路粉粉，真切地感觉到了属于我们的时代的远去，这种感觉比路粉粉结婚的时候还要深刻，那个时候改变的是形式，如今，改变的是内心。

从南京离开的时候，召娣还反反复复地问我她的感情该何去何从，我思考了半天，最终也还是没有结果。

但是我将之前见到哈悠的情况告诉了召娣，召娣非常不解地问我为什么要告诉她，我想了想，说：“只是告诉你，什么都会成为过去，没什么大不了的。”

在车站和她们分别，然后我就去了深圳，去找兔牙。

见到兔牙之后我将新书签约的事告诉了他，他将我抱到床上，说：“虽然这个消息让我非常非常高兴，但是跟你没有来大姨妈比起来，真的不算什么。”

我微笑着默许了他的行动，他的亲吻和抚摸渐渐深入，我感到一阵一阵的颤栗。经过之前的小别扭，此时的亲热竟然觉得水到渠成恰到好处，没有了之前所想的从哥们转化过来的尴尬，他和我都很投入地给予并索取对方。初夜的疼痛让我的头脑更加清晰，我知道自己在做什么。

在兔牙的怀里入睡，这一次我感觉到了前所未有的踏实。

兔牙在我耳边絮絮叨叨，说：“宝，我想跟你生几个孩子，然后我们坐在黄昏里喝茶，孩子在我们面前跑来跑去，一会儿来报告说谁谁抢了谁的糖，一会儿来报告说谁谁把谁打哭了，我们就这么看着孩子们，黄昏很美……”

我闭着眼，迷迷糊糊地说：“嗯，反正孩子不用你生，说的真轻巧。”

“那你想生几个？你想生几个我们就生几个。”

“我不想生。”

“不想生……那么，看来我们得领养，领养什么样的孩子呢？”兔牙开始畅想起来。

我将手放在他的嘴上，说：“先睡觉行吗？我赶了一天的车，累得很。”

兔牙坏坏地笑起来，说：“是因为赶车才累的吗？”

我将他又抱得紧了一些，没有说话。

他的手又不安分起来，说：“看来我功夫不到家，这么快就让你忘了，再来一次？”

我真的很累，推开他，翻个身，接着睡了。

进入梦乡之前我忽然有些小遗憾，我觉得两个人的关系进入到这一步之后就失去了美感，先前的那种猜测和犹疑带着朦胧的暧昧，那些暧昧让人振奋。

我很快就睡着了，也不知道过了多久，兔牙的电话铃声将我吵醒了，不过困意还在，我没有说话，还是保持原先的睡觉姿势，我听见兔牙接了电话。

他的电话离我很近，我清楚地听见了对方说的每一个字。

“哪位？”兔牙迷迷糊糊地问。

“是我，我到深圳了，刚到，我想见你一面。”一个女人的声音。

兔牙一个激灵，忽然翻身过去，然后压着嗓子，说：“现在都几点了？你怎么这么晚打电话来？”

“我知道很晚了，我也知道我不该给你打电话，但是我真的想见你一面，你出来一下行吗？我很想你。”

我的脑袋瞬间就懵了。

这个事情发展得也太戏剧了，怎么能在我初夜的晚上听见身边的男人跟另外一个女人打情骂俏呢？

“不好意思，我在睡觉，明天再说。”

兔牙挂了电话。

关于兔牙的态度此时对我来说根本不重要，我只知道，他背着我又勾搭上了一个姑娘，真是死性不改，我就不该信他！

我正在想着怎么开口跟兔牙说话，他的电话就又响了起来。

我没忍住，一下子坐了起来，大声吼：“还让不让人睡了？”

兔牙赶紧挂断电话，然后把手机关机。

我开灯，看了一下时间，凌晨三点多。

我从床上下来，坐在阳台，秋夜，我竟冷得一直在颤抖。

兔牙过来从我身后抱住我，说：“不管你信不信我，我真的跟她什么事都没有，我们从来都没见过面，只是一个网友，聊了几次而已，我心里只有你一个！”

我推开兔牙，说：“不用解释，我都听见了，事实我也看见了。

我想一个人呆一会。”

“艾宝你不要这样，你这样我害怕。”兔牙站在我身旁，一脸慌张。

我看了看他，终于咆哮起来：“害怕什么？不要一副可怜的样子，事都敢做了有什么不好承认的？男人都是这样，真是没有一个是例外！很好，我现在唯一庆幸的是我们还没有结婚，我还没有给你生那么多孩子，我还有退路！”

兔牙一听，更加慌了，张着嘴好半天不知道说什么，最后他举起手来发誓，他说：“我真的跟她从来都没见过面，就网上聊过几回，也就只有几回，如果我说的是假话，我不得好死！”

“随便你怎么说，反正发个誓也不要交税！”

“艾宝，我们认识了这么多年，你怎么不信我？”

“我怎么信你？事都让你做了你还让我怎么信你？就网上聊过几次她为什么有你的电话，为什么说想你？就算只是网上聊天估计也不是单纯的朋友关系的聊天吧？”

兔牙再次开不了口。

后来过了很长时间我再回头去想这件事终于明白他为什么说不出话来，因为在他看来，网上调调情根本不算什么大事，可是这事已经激怒了我，他不知道如何解释，我们两个人对这件事的严重性的认识完全不同。

兔牙在我身边站了很久，然后他回到床上继续睡觉了，我一直坐到天亮。

一整夜我都在想一个问题：天亮之后我该怎么办！

很快就天亮了，而我依然没有想明白该怎么办。

离开兔牙？真是荒唐，我刚刚才把自己的初夜给了他，接着就是分手，这样的剧情我真的撑不起来。继续在一起？原谅他？可是我凭什么要原谅他？跟他从认识到现在，一直都是他在不断地和各样的女生分分合合，我却一直守身如玉，直到今天，我凭什么就要原谅他？

这个时候我已经完全把我的炮灰岁月当成一种骄傲和筹码，兔牙必须要为我纯洁的过去买单。

虽然我从未想过要遇见一个世上独一无二的好男人，但是此时发生的事情无疑让本来就对爱情持怀疑和恐惧态度的我更加雪上加霜。

兔牙去上班之前给我做好了早饭，煎鸡蛋还有白粥。我从阳台上站起来的时候差点倒了下去，长时间地思考一件事让我大脑变得苍白无力，我想找个人说说话，我想了很久，最后我给舟亢打了个电话。

“你还好吗？婚礼如何？”我问舟亢。

“好的很，我现在有了近十个月的假期，真是爽呆了！”

“怎么回事？”

“也没什么事，我现在在医院，我就是在参加婚礼的时候一不小心让刀戳了下大腿，结果还碰到筋了，只好来医院里休息了。”舟亢说得相当轻松。

我惊呆了，他说起来一副无所谓的样子，其实根本放不下。

“何必呢？值得吗？”我问。

舟亢笑了，说：“当然值得！他们会永远记得他们所做的事对我的伤害有多大，一辈子都不会安心的！”

“也许他们不会这样想呢？我们总是按照自己的想法去推测别人是怎么想的，其实别人才不在乎呢！到最后，还是自己傻了！”

“哈哈，无所谓，我反正自己心里是痛快了。”

“用刀子戳自己，那疼痛也很痛快吧？”

“哎！要是重新来一回，坚决不这么干了，可疼死我了！当时不就是头脑一昏嘛！对了，你怎么会给我打电话？”

我想了想，说没事，挂了电话。

我不知道怎么像舟亢描述这件事，而且我相信我描述完之后他一定会说我大惊小怪，男人就算是外面交上几个红颜知己也不算什么，更何况是网友。

这种推想出来的结果真叫我绝望。

当天中午我收到兔牙的信。

是手写的信，快递员送来的时候我正在对着早饭发呆，我在想兔牙对我的心有几分是真的，我对他又有几分是诚的，我一直在极力给自己找各种理由，足以支撑我留下来不走。

我接过邮件，拆开一看竟是一封信。

“艾宝，我错了，就算我是因为前段时间和你闹矛盾心情低落找人聊天散散心也还是我错了，我不该和别人搞暧昧，还把自己的电话号码留给她。但是有一点你要相信，我真的没有动心，我就是无聊玩玩而已，我和她也没有见过面也没有视频过，我给她发过的所谓的我照片都是假的，是我网上随便搜的照片，我也不知道她会过来要和我见面，我已经将她的QQ拉黑，电话号码也设置成了黑名单，以后也绝对不会再有这样的事发生。你知道我在乎你，请再给我一次机会……”

兔牙的信写得很长，他蹩脚的钢笔字看起来像个孩子，读着他的信，我心里一时间舒服了很多。

但是我并没有打算就这么轻易地就原谅他，于是我跟兔牙开始了一段时间的冷战，我也并没有离开，但是我也不想跟他说话。

正好这段时间我的小说忙着完稿，交稿之后我便开始收拾行李。

我是故意在兔牙面前收拾行李的，让他以为我将要和他分手。

兔牙看着我收拾行李站在一旁一动不动，我心里暗说这人怎么这么傻，结果他张口说：“如果你实在无法原谅我，那么我尊重你的选择。”

我当时就傻眼了，因为此时我已经将这件事放下了，我还没有完全和他和好是因为我觉得要给他足够的教训，让他以后痛定思痛再也不会重犯，结果他张口说了这么一句我无法下台的话。

“我的什么选择？”我装傻说。

“你……你这不是要走吗？”兔牙一脸的难过。

“我去哪里？是木子给我打电话叫我周末过去玩两天，怎么？你嫌我碍事？”我只好把木子搬出来做理由，说完这句话的时候我就意识到了我像木子陷进李水的圈套里一样已经陷进了兔牙的圈套里。没有哪个姑娘能够幸免于难。

兔牙听我这么一说，立即笑了，说：“那你又不理我，你这么吓唬我，我早晚要心脏病的啊！”

“我这几天忙得很，没空理你。”

兔牙上前来抱住我，说：“宝，你真好！”

第十六章 姑娘，无需强求

但是话我已经说出去了，所以我只好周末去看木子。

我竟然在车站遇见了木子。来之前我没有给木子打电话，我想着先自己四处逛逛，然后再找木子吃顿饭也是不错的安排。

然而当我看见坐在出站口两眼空洞的木子的时候我有些后悔没有给木子打电话，现在这个情况完全吓坏我了。

木子身旁是一只行李箱，她坐在行李箱旁边，脸上泪痕还很明显，眼睛里完全没有神采，我当时一看，心想，坏了，肯定是李水这小子又出状况了。

我蹲下来，叫了两声木子，她才把眼神放在我脸上，然后抱着我就大哭起来。

来来往往的行人都用异样的目光看着我们，两个女人，抱着，其中一个哭得伤心至极，我自己也被大家看的觉得诡异起来，只好拍拍木子的背，站起来，将她带到车站附近的一家小店，要了两杯白开水，让木子镇定下来。

“到底发生了什么事？你从哪里来？”我问木子。

“我去看他。”

“他？”

“李水。”

果然，我就知道肯定是李水的事。

“然后呢？”我问。虽然我已经想像到发生了什么，但是还是想知道事实。

“他说要跟我分手。他说他爱上了别人。”木子说着眼泪又满了眼眶。

果然还是要到这一步，我对木子说：“分就分吧，真的，他不是能长相厮守的人，他就算有再深的伤痕都不应该让你去承受那些伤痛，他不懂得珍惜你，那就算了吧，分手是好事，真的。”

“你跟我说三子的事的时候我心里真的满是希望，我觉得他也可以改变的，只要我努力，他一定可以改变的。但是这一次不一样，我觉得我们真的要结束了。他亲口对我说他改不了，他已经习惯了，他习惯喜新厌旧，习惯在不同的女人之间迂回。而且，就连他最好的兄弟都劝我离开他，说不值得。艾宝，我预感到这一次我们是真的结束了，以前我还能找到很多理由和他重新开始，这一次真的找不到了。”

“那很好啊，那就彻底结束吧！”

木子痴痴呆呆地看着我，那眼神告诉我，她觉得我说得很虚伪，完全是旁观者不痛不痒的态度。

事实上这个事我真的不知道该怎么办了，虽然最初我早就看出来木子和李水必然会在一起，但是我不能看出来他们必然会分开。爱情这玩意儿本来就是虚伪的，开始的时候谁都能看的出来，结束的时候就只有自己知道。

“你是真的没有遇见过这样的事，如果遇见了你就知道分手根本不是那么容易的事了。”木子说。

我忽然就想到了兔牙之前发生的事，确实，我也完全没有勇气跟兔牙说分手，我舍不得他，也舍不得他所带给我的一切。这么多年的点点滴滴，哪是能说结束就结束的？

我问木子："那你现在想怎么办？"

木子摇头，说她不知道。然后过了好久，她抬头对我说："也许，真的就结束了吧！"

就在这个时候召娣给我打电话，说她爸爸见到了她男朋友，因为她男朋友去医院看望正在住院的爸爸。召娣电话里的语气很兴奋也很轻松，因为她爸爸没有表示这个男人她不能交往。

召娣觉得自己像是过了很重要的一关。

我看着面前的木子，问召娣："你为什么会喜欢他？"

召娣想了想，笑了，说："他是一个特别善良的人，或者说傻。他之前的女朋友不工作，一直是他在养着，两个人不在一个城市，他就每月寄钱过去，后来直到那个女人怀孕打电话给他叫他陪他去打胎，他才知道他一直养着的是这个女人和另外一个男人。但是他还是陪她去了医院，打胎和住院的钱都是他出的，等到那个女人出院他才说分手。我当时听他说这些事就觉得他既然可以对一个这样对他的女人好就一定会对一个对他好的女人更好！"

我当然希望召娣的推算是真的。

但是我看着面前的木子，觉得幸福的可能性实在是太低了，每个女人都曾为爱头破血流过，但是却不是每个付出血的代价的女人都会幸福。

可是我们仍旧要有希望不是吗？不然怎么能有勇气继续往前走，去遇见生命里的真命天子？

"木子，你现在想做什么？我都陪你去！"

木子看了看我，说："说实话，我就想见李水一面，当面问清楚！"

我瞪了她一眼，问道："这么说你这次根本都没见到他？"

木子摇摇头，说："没有，他是电话里跟我说的分手。所以，我有些不甘心，我还一直在想他是不是发生什么事了。”

我真想给木子一巴掌，把她拍醒。

“他连见都不想见你了，你能骄傲点吗？真的就非他不可吗？”

木子又摇摇头，说：“也不是说非他不可，只是不甘心，我已经很努力很努力了，为什么就挽不回呢？”

“你是要胜利还是要幸福？”我问木子。

木子还是摇头，说她心里乱糟糟的。

过了好一会儿，木子忽然问我：“你是怎么忘记哈悠的？”

听见这个问题我瞬间就僵住了，如果说大家都知道我曾经暗恋哈悠这件事很正常，那么大家都知道我已经忘记哈悠这事就不正常了，因为连我自己都不知道我已经忘记哈悠了。哈悠在我心里如今是怎样的一种存在呢？我自己都摸不清楚。

但是现在我不能这么告诉木子，我知道她需要我来给她指一条明路。

于是我很镇定地说：“兔牙！兔牙就是我忘记哈悠的原因。”

“真的有了替代品就可以忘记吗？我不信有这么简单。”

“哦，亲爱的木子，真的就这么简单。比如生活，生活是什么？其实就是一日三餐吃喝拉撒睡，认为生活复杂的都是因为自己复杂了。爱情也是如此，有时候你以为你需要的是那个人，其实你需要的只是爱情，至于这爱情是谁给你的，没有关系！”

木子不太相信地看着我，说：“你骗人的吧？”

“这世上所有的话都不一定是对的，话的对错取决于听到的人信或是不信。”

木子往桌子上一趴，说：“你不负责任啊，你说了半天一点问题也没给我解决掉。”

“我帮你解决了整个问题啊，可是你不愿意去做啊。”

“怎么解决的？”

“分手啊！”

转了半天又回到一开始的话题上了。木子一脸颓然，她的忧伤终于在我们互相兜圈子之后被烦躁掩盖了大半。

我留在广州陪了木子几天，这几天里给她讲了不少过去的事，但是关于李水的部分全都隐掉了，这让故事说起来比较有难度。比如有一次文青和三子约会，就是李水连的线，虽然最后三子身后跟了一大帮后援，文青身后也跟了三个尾巴，约会看起来更像是两个黑帮老大谈生意，但是李水在这件事上还是功不可没。说到这件事我不得不把李水替换成其他的甲乙丙中的随便一个人。有一次我就把李水替换成了宣华，木子还惊讶地说天哪竟然是宣华我当时以为是李水呢！

我就默默地低头不说话了。

到了第三天木子看起来就平静很多了，脸上也有了笑容。但是我却更加担心起来，因为她说起李水这个人就好像分手这件事根本没有发生一样，她似乎完全忘记了她和李水已经到了怎样的境地。

我也不忍心提醒她，能多做一会梦就多做一会吧。

从广州离开的时候，木子一脸笑容地对我说：“你放心吧，这次是真的分手了。”

回到深圳之后开始断断续续地接到木子开始新的恋爱的消息，她开始从追求者中挑选条件合适的男士约会，她说她渐渐发现原来对自己好的男人有很多，能谈得来的男人也有很多。

收到这样的消息的时候我对兔牙说：“我第一次觉得把一对情侣拆散也是一件功德无量的事。”

兔牙说：“人家那根本就不是你拆散的，凡是能被拆散的都是自己不想继续的。”

2008 年的冬天，路粉粉生了个女儿。

2009 年的初春，文青又联系了我们。

那段时间我正处于事业上一帆风顺的好时期，和兔牙的感情也进展顺利，各种喜气洋洋的好兆头笼罩着我，我甚至开始想到结婚这件事。当然，想到结婚这件事还不算是最莫名的，最莫名的是我开始研究并总结为什么过去我会一直做情感道路上的炮灰，并希望以这个研究结果指导我以后的情感生活。

不错，用兔牙的话说，那正是我走火入魔的一段时光。

但是我非常享受那段魔道时光。就在这个时候我接到了文青的电话。

“艾宝，我想请你帮我个忙。”文青在电话里说。

“什么忙，你说吧。”

“三子有一些个人物品遗漏在一个地方了，我想让你帮我去拿回来，你拿到之后先放在你那里，然后邮寄给我，或者我看有时间的话我就去你那里拿。”

我一边答应一边拿纸笔，说：“你说吧，什么东西放在什么地方了，我记一下。”

“牙刷，棉袄，西装一套，领带两条，三双袜子，被子一床，床上四件套两套，皮鞋三双，围巾一条，行李箱一个，还有一台电脑，对了，电脑没有鼠标。”

我一边记一边嘟囔，这都是什么跟什么啊，连牙刷还有三双袜子都要拿回来，文青自从当上全职家庭妇女以后这思考问题的路线明显诡异了很多。

“好好，都记下了，说地址吧。”我对文青说。

“我只知道是厦门，等下我把联系人的姓名和电话发到你手机上，你打电话过去问。”

我说好的，就挂了电话。

电话刚挂，路粉粉的电话又打来了。

“三子出事了。”路粉粉上来就直奔主题。

“出什么事了？刚刚文青才给我打过电话。”

“被抓了。”

我嘴里的好多话都被噎了回去，只听路粉粉在电话那头气愤地抱怨：“真是个没良心的东西！文青跟着他东躲西藏，儿子也给他生了，他竟然是在寻花问柳的时候被抓的！真是活该！这一次文青一定能看清楚他是个什么样的人了，趁早离婚，趁年轻还能有机会找个更好的……”

“等等，刚刚文青还给我打电话呢，不过她没说三子被抓的事，不过这也许是好事，三子被抓了，文青和孩子就不用躲躲藏藏的了。”

“她给你打电话了？说什么了？”

“她让我去一个地方把三子的一些东西拿回来。”

路粉粉一听又说了句脏话，然后叹口气，说：“你知道她要你去找的人是谁吗？”

“我不知道。”我如实说。

“是三子的情人！”

“不可能吧？”我简直不敢相信，我想起上一次小聚的时候看见的三子，想起他和文青一边照顾孩子一边讨论电视剧，想起他们低声说着家长里短，我以为三子是要回归到家庭生活中去了，我以为三子看见文青这样为他心甘情愿一定会心存感激了，谁知一转身，三子被抓不说，竟然又出来了一个情人。

一时间，我跟路粉粉一样也成了一个肚子里装满炸药包的人了，于是两个人在电话里把三子骂了个狗血喷头。

但是我们骂得再厉害也毫无用处，三子照样自在逍遥，文青照样执迷不悟。

挂了路粉粉的电话之后我想起当年三子苦追文青时的情景，忽然明白原来眼睛看到的东西也不一定是真的，岁月也是会骗人的，当初把那么美好的东西送给你，没几年它就拿走了，一声不响，毫不留情。

我想起三子在考试的作文里向文青表白，如今想来，那时候的浪漫那么虚伪，就好像一个流氓地痞为了得到美人往美人怀里扔炸弹。三子到底有没有喜欢过文青，这种问题我从过去看到现在，也看不出个确切的结果来。

记得有一次三子给我打电话，他在电话里说："艾宝，我是真的喜欢文青，是那种纯粹的喜欢，你们谁都无法理解这种喜欢。"

我当时笑着问："还有什么喜欢是我们都无法理解的？"

三子说："这么说吧，即使她不和我在一起，我也不介意，但是我仍旧喜欢她。"

"果然够纯粹。那你还这么苦苦地追她是为了什么呢？"

"当然是为了能够在一起。如果我从来都没有为在一起努力过，这说明我的喜欢是假的。"

正正反反的话都让三子说了，所以你无论从哪里来看，都不能说三子是错的。

当初三子站在文青面前，满脸的羞涩，那种还带着青春味道的孩子气，因为有了朦胧的情感而越发稚嫩。三子抬眼看文青一眼，都是迅速地掠过然后迅速地回避，生怕把文青看跑了。而骄傲和木讷的文青从来都看不见别人追逐的目光，包括三子的。她从所有人面前走过的时候，近视的双眼没有焦点，所有人的用情就都白费了。

我一遍一遍地想起当年当时的情形，恍惚觉得今日的种种都不过是个笑话。然而，我不得不悲哀地发现，在如今的现实面前，当年的种种才更是个笑话。

如果往日的美好只是为了衬托今天的狼狈，那么我宁愿当初什么都没有发生。

我真的受不了这种半路被抛弃的感觉。

我坐在地板上，手里茫然地翻着一本书，兔牙走过来，坐在我身边，看了看我，又看了看我手里的书，问道："这本新华字典你已经看了近一个小时了，当然，这并不算是什么奇怪的事，但是你竟然能够在这一个小时里都是倒着看它的，功力相当深厚啊！”

我低头一看，手里竟然真的是一本拿倒了的新华字典。

我将字典合上，然后把头靠在兔牙的肩上，说：“我们还是经常吵吵架吧！”

“怎么了？你厌烦了过好日子了？”

“不是，我只是不想一下子把好日子都过完了，我想把好日子一点一点地分散在整个生命里，这样我就能在任何时候都不怕困难或者悲伤，因为幸福一直伴随着我。”

兔牙用手揽过我的肩，说：“上帝说，他没有在你的生命里分配吵架这种情节。”

我转过头，一脸疑惑，问道：“上帝说了算还是佛祖说了算？”

“那要看他们是怎么划分保护区的。”

“那我们这一块区域属于谁保护？”

“那你的保护费都交给谁了？”

我想了想，说：“城管！”

兔牙笑了，说：“以后别交给城管了，直接交给我吧。”

“那你的意思是说你比城管还厉害？”

“不，我的意思是说对于你艾宝来说，我比城管实用！”

我用手捏了捏兔牙的脸庞，说：“仔细想想，你真的跟我本来想要的男朋友的模样相差太远了。”

“那就对了。因为绝大多数女人的老公的模样都是跟想要的男朋友模样相差很远的。那些喜欢小正太的女人最后都嫁给了一位大叔！”

真精辟！

第十七章 战争

第二天我按照文青提供的电话号码，给那个叫管小轩的女人打电话。在拨电话号码的时候我的手开始颤抖。

也就是这个时候，我意识到我这辈子都不适合的一项工作——跟敌人谈判！

电话拨通的那一刹那，我忽然镇定了不少，心里想着豁出去了，是人是鬼都放马过来吧。

“喂……”慵懒的声音从电话那头传了过来，完全没有睡醒的样子。

我顿时有种上前给她一巴掌的冲动，但是一想到我不能把自己拉低到和她一样的层次上，于是相当礼貌地说：“我是三子的朋友，我要过去拿一些三子遗漏在你那里的东西，想问问你什么时候方便。”

“哦，随时。”

就说了这么简单的两句话，电话就挂了，我有些摸不清楚她到底是什么来头，我与她见面之后是君子动口不动手还是大打出手？最后我还是决定随机应变。

去厦门那天阳光灿烂，初春的微风也丝毫没有敌意。这种时候我会暗示自己今天一定会走好运，要么就是把管小轩打到鼻出血，要么就是骂到她重新做人。

管小轩一开门，我往屋内望了望，问道："管小轩在吗？"

她说："我就是。"

人生最失望的情节里一定包括发现小三比原配各项指标都低很多。

我此时就是那种大失所望，管小轩长得比文青差了一大截，微胖，略矮，说话的时候那种慵懒与生俱来，并不是因为刚刚睡醒。我把她从上看到下，从里看到外，都找不出一个理由是能让三子不顾文青而和她在一起的。人生的真相真的太伤人了，有时候他并不是因为一个女人的优秀或者多么爱她就不顾家庭地和她在一起，男人要的，只是出轨的那份新鲜感和刺激感。

管小轩关上门之后走到沙发上坐了下来，继续看她的电视剧，我站在客厅中央，问她说："三子的东西你都收好了吗？"

她看也不看我，说："你说你是三子的朋友我就信你啊？我凭什么把三子的东西给你啊？"

电话里本来说的好好的，现在怎么一见面就变卦呢？

"这么说吧，我是文青的朋友，是文青叫我来拿的，三子现在是什么状况你也应该知道，你还继续跟他纠缠一点好处都没有。"

"文青？"她脸上泛起一点冷笑的意味，"就是他那个离了婚的前妻？"

"离婚？他什么时候跟文青离婚了？人家两口子过的好好的，你不要诅咒好吧！"这时候我有些后悔出门之前没有上网查查对付小三的相关攻略，此时明显觉得力不从心。

"三子一开始跟我在一起的时候就说他已经离婚了，而且他和前妻毫无感情！"她一脸的淡定。

我心里的火噌地就上来了，大吼道："我再说一遍，他们没有离婚，请你不要用前妻这两个字！当然，我是非常支持文青离婚的，跟着这么个男人过下去也不值得。”

她非常奇怪地看着我，说：“你急什么？前妻又不是你？”

我哼了一声，说：“我这个人就喜欢替别人着急，比如你这样的吧，被男人玩弄了一场最后发现什么好处也没捞到，还十分不光彩地做了回小三，我觉得人要学会迷途知返，要懂得好自为之。我这个人就是操心的事多。”

“果然是操心的事多。我同意你过来可不是因为我想找个人吵架，东西呢，你也别想着拿回去了，我都给卖了。”

“那你怎么不早说？你让我白跑一趟！”

“因为我还有事跟你说。”她说着从沙发前面的茶几上拿起一张纸条，说，“三子留给我的欠条，也不多，三千块，现在我要回老家了，路费没有，你帮他把钱还上我就离开这里，也不管他们两口子怎么折腾了。”

真是人不可貌相，就管小轩那长相那身板，我觉得我两拳下去她就得倒下了，但是她在我面前特别的镇定自若，伸手跟我要钱的时候就跟我欠了她似的。

我捏着拳头已经有些控制不住了，她接着说：“你也别激动，好好想想后果，如果我不离开，我肯定得去找三子啊，找不到三子我就找他老婆啊，我让他老婆给我还这个钱。他老婆也不还那也没关系，反正我也没什么事，咱们就这么慢慢耗着呗，我也不在意生活幸福不幸福家庭和睦不和睦，反正我就是一个人，实在觉得孤单了就让三子陪我……”

我实在忍不住了，举起手就给她一巴掌。

可惜，没打到，她一转头，伸手挡住了我。

“三子现在自身难保，还陪你？你要是真有本事就去把三子从里面捞出来！”

“你别动手，如果真要动手你未必是我对手。三子会出来的，文青正在四处忙路子，我知道的，她不会让三子栽在里面。只要三子一出来，他就是我的。”

太嚣张了！她那气势就好像我是个外来插足的，她一身正义，我却像个无赖地痞。

文青现在在做什么？真的像她说的正在为三子四处奔走？

我拿起手机给文青打电话。

“三子什么情况了？”在管小轩面前我不能指责文青没有说清楚我要来见的是个小三，不能怪文青没有告诉我三子被抓的事实。

“我正在找人帮忙，应该很快能出来。”文青说。

“那东西是不是一定得拿回去？有一些，可能拿不回去了。”

“那如果拿不回来就算了，就把那件棉袄拿回来吧，三子就喜欢那件棉袄，而且现在天还冷着，我怕三子在里面冻着……”

我听文青说这些话，恨得牙根痒痒，她是如何做到在三子出了这么多状况之后还依然如此宽容地去爱他呢？

挂了文青的电话，我对管小轩说：“别的东西我也不要了，我给你三千块，你把三子那件棉袄给我！”

管小轩看了看我，然后走进房间，没多会，她拿出来了一件棉袄，说：“你大概也没带那么多现金，楼下就有自助取款机，我跟你一起下去，拿了钱，你走你的，我走我的。我保证以后不会再出现。”

我当时跟管小轩一起下楼，心里一直在安慰自己：我这是为了文青，为了文青！

但是那件棉袄后来到底没有寄到文青手上。

本来我是要寄的，棉袄都拿到了邮局，填地址的时候接到文青的电话，她说棉袄不要寄了。

我当时很惊讶，问发生了什么事。

文青说：“三子大概还有几天就能出来了，我给他买了新棉袄，如果给他那件旧的穿他就知道我知道了管小轩的事，我不想让他知道我已经知道了，这样我们就还能好好地过下去。”

“那你是怎么知道管小轩的存在的？不是三子告诉你的？”

“是管小轩自己给我打的电话。她说她是三子的情人，还说三子有东西在她那里，叫我去拿。我忙着三子的事，走不开，厦门离你也不算远，所以叫你帮忙。”

我说我懂了，然后就将三子的棉袄扔进了垃圾桶。

从那天开始，我就完全放弃了说服文青跟三子离婚这件事，我已经知道这件事的不可能。

后来三子真的让文青捞出来了，路粉粉在电话里非常自信地说：“这一次三子一定会好好地跟文青过日子了，他自己说了，他这辈子再也不做对不起文青的事了。”

我对这样的论调明显已经疲乏了，我听着路粉粉的话脑海里涌出的全是当初路小天之流所说过的誓言，这么多年过去了，我们仍旧是很容易就上当的姑娘。

女人心理上的自我修复能力到底有多强啊？

收到阿书婚礼的邀请我确实有些意外，毕业后这两三年基本没有和阿书再联系过，加上现在我又和兔牙是这种男女关系，便更加觉得不知道怎么跟阿书解释。

我看着阿书发过来的电子请帖，问兔牙：“我们要去参加吗？是我一个人去还是和你一起去？”

兔牙说：“一起去吧！”

我没想到兔牙这么大方，问道：“你为什么会想要和我一起去？看见前女友嫁给了别人心里难过所以带上我示威？”

兔牙走过来敲了一下我的脑袋，说：“想什么乱七八糟的？我就是想着你可能需要人陪你去，如果你不想去或者不想跟我一起去都可以，随便啊。”

“我不信！当初你跟我要她电话号码的时候可没这么随便。”

“不带秋后算账的，当年年少无知，还不带看走眼的？”兔牙说着在我身边坐了下来，说，“咱们什么时候也把婚礼给办了啊？”

“你先去把袜子洗了再说。”

兔牙真的起身屁颠屁颠地去洗袜子了。

兔牙说到结婚，我忽然就想到了周郎，看来男人到了一定阶段也是特别需要归属感的，每个人都需要灵魂上的慰藉和心灵上的依偎，这一点上男人和女人毫无差别。

前几天刚听到有关周郎的消息，说他已经放弃了目前所有的事业，皈依佛门了。

这世界每天各种各样的八卦和新闻铺天盖地，但是周郎的这个消息确实还是让我吃了一惊。我想起他身上斜跨着一个公文包然后到书市去收债的样子，那时候他身上的市侩和在现实里努力找一份安稳的样子让我觉得他一定会在这个行业里勇往直前，他的事业必定还要更上层楼。他当时收到了钱，拍拍身上的斜挎包，得意地对我说：“看看，收到了！这就是生存的本事，很多书商就因为收不到书款被活活拖死了，我就不怕，这里面的技巧我懂得很！”然后他在后来带我去和朋友吃饭的时候一直很紧张地看着他的那个斜挎包。

说起收债这个事，他当时把我介绍给他的一位朋友的时候说：“你给她多讲讲你是怎么收债的！让她多学习学习。”那位朋友开玩笑说你找接班人啊，我低头不语。

不过他还是讲了很多收债方面的高超技巧。他说有一招百试不爽。曾有人欠他一笔书款，迟迟不给钱，他各种好话说破，就是不给钱。后来他开始想办法，他说千万别认为这世界都是按照明明白白的规则往下走的，你不会走偏门你就得不到你想要的。后来他开始在午夜两三点给欠债的打电话，他不是自己打，他找个女人帮他打，电话里女声暧昧，并不直接要钱，只是点到即止，张口说一句："你怎么这样啊？到底给不给啊？"基本就能把欠钱的家里弄得鸡飞狗跳了，因为他没有办法给睡在他身边的老婆解释，这个时间点上有个女人给他打电话是怎么回事。

没有人会相信这是一个毫无关系的女人，因为这个女人还说得出他的名姓说得出他的详细情况，还认识他的朋友……

基本上不用再打第二个电话，钱就到账了。然后他再去给欠钱那人的老婆解释，这根本就是一个误会。

我只见过周郎一面，跟他的那位收款达人朋友更加是一面之缘，但是他们带给我的社会普遍对婚姻和男人的不信任的观点一直在我心里，即使如今我已经想不起来他们两人的具体面容，他们口里的笑话让我一直苦笑至今。

然而，周郎竟然入了佛门！

这事儿显得有些惊悚，一个可以在现实生活里游刃有余的男人，一个在北京二环内拥有两处宽大住宅还有一份事业的男人，他竟然抛开红尘入了佛门！后来听大家说起原因，竟然说是他已经厌倦了做各种撒着弥天大谎的书籍，也不想再和各色心灵不通的女人相亲了，他对这个世界上最美好的两样东西完全失去了兴趣，所以他决定抛开一切，修心修禅。

那两样最美好的东西是江山与美人！

知道周郎的事之后我就把家里所有与佛学有关的书籍都跟一些废纸片一起卖给了收废品的大爷，然后买了几块棒棒糖喜滋滋地吃了。

目前为止，我还挺喜欢这种折腾来折腾去的红尘生活的，有哭有笑，有血有肉，这才是人生嘛！

就在我开始挑选去参加阿书婚礼的衣服的时候忽然收到婚礼取消的消息。

我当时嘴里含着棒棒糖，床上正堆满了我的衣服，我还没有从这堆衣服里选出合心的，阿书就说她不结婚了。

“到底为什么？”我给阿书打了个电话，不耻下问。

“我也很想问为什么，为什么三天后就要结婚了，准新郎却不见了！艾宝你说这像不像是真的？他怎么能把生活当成狗血的偶像剧来过？说消失就消失，我还没先去找他的父母要人呢，他们倒是来找我算账了，说我把他们的乖儿子给逼到哪里去了！我简直要疯了！”阿书说话的声音都是颤抖着的，我已经看出来了，这个消息对她的冲击力要比我大多了。

“为什么会不见了？会去哪里呢？不见多久了？还有三天时间，或许可以找的到。另外，会不会是被绑架了之类的？”

“他给我留了封信，说他要冷静冷静，叫我不要找他，也没有说会不会回来什么时候回来，只是说结婚这件事他要再考虑一下。”

我肯定地说:“那么,这很明显,是一起有预谋自发性的逃婚事件！”

“逃就逃吧，老娘不伺候了，我不结婚了还不行吗？等他冷静完了我也冷静了，就这样的男人我还能嫁吗？以后要是结了婚，动不动就来个消失去冷静冷静，我还不如自己过着自在。”

阿书的语气越来越冰冷，无论如何，这个逃婚的男人在她这里再也没有机会了。

逃婚这种事我也不是没见过，但是男人逃婚我确实还是第一次见，好在不是在婚礼现场逃跑，还给了阿书三天时间来善后，也算有点良心。

我安慰阿书说这种小家子气连结婚都不敢的男人不要也罢，留出地方等着下面的白马王子吧。

结果阿书斩钉截铁地说：“我这辈子都不会再结婚了！”

但是阿书说完这话的三个月后，再次给我发了结婚请帖。

我对照之前失效的请帖比较了一下，确定新郎不是之前的那一个的时候才稍稍松口气，没有吃回头草，已经是勇气可嘉，还敢再次结婚，更显得阿书有侠女风范。

婚礼当天，阿书看起来神采飞扬，我还在现场看见了之前逃婚的那个男人，他坐在角落里，一个人喝闷酒。

阿书敬酒的时候我指着角落里的那个男人对阿书竖拇指，阿书得意地说："我就是想让他看看我现在的幸福模样。"

我又问："到底是什么让你又有了结婚的勇气？是爱情？"

阿书大笑，凑到我耳边小声说："爱情？别这么天真了。是我一个朋友的悲催经历，我才意识到其实我已经够走运的了。"

第十八章 悲伤那么多

婚礼结束当天，在阿书洞房花烛夜之前，她给我讲了她那个朋友阿柳的故事。

阿书说："我跟她认识了这么多年，要不是我把自己的准新郎逃婚这件事告诉她，她还不打算把她这个秘密告诉我呢！你看，这就是女人！你不拿秘密跟她换，她绝不多告诉你一个秘密，而且秘密的重量值还得是等价的。"

阿柳的初恋，是她闺蜜的弟弟，两个人从高一就开始谈恋爱了，一直谈了八年。

据说那个男生长着一副清秀的面容，身材高挑，性格温柔，当时追他的女生可以组成好几个足球队踢联赛，但是谁也没有想到他竟然会主动追阿柳。虽然阿柳长得也不丑，但是绝对是个放在人堆里就找不出来的那种低调的羞涩的小女生，而且阿柳不属于踢联赛的足球队成员。

阿柳说她当时自己都震惊了，觉得天上真的掉了个馅饼，一下子就砸自己头上了。

于是两人开始谈恋爱，虽然一直不温不火不紧不慢，但是还是谈了八年。最后阿柳自己总结说，她到底是爱他的，即使他在跟她谈恋爱的时候都不怎么看她，不愿牵她的手，不多说情话，她还是爱他的，她也愿意以他女朋友的身份出现在距离他不远不近的生活里。

八年后的某天，阿柳在朋友异样的关心里知道了事情的真相。当阿柳听见别人告诉她说她的男朋友正在和他的男朋友秘密举行婚礼的时候，她觉得天塌了。

阿柳去找他，想问清楚是不是真的，其实她心里想的还是挽回。

结果那个男人站在另外一个男人面前，没有对她说对不起，却说："我还是可以和你生个孩子的，也算是对我的父母有个交代。"

阿柳当时顺手提起手边的凳子就朝他的脸砸了过去。

据说，后来那个清秀的男人的额头上多了一道八厘米的伤痕，一直都没有消失过。

阿书说完这个故事，笑眯眯地看着我，说："你看，这么一比，我的事实在不算什么了，而且阿柳当时还因为暴力被警察带去警局训话，阿柳把眼泪鼻涕涂满了整个警局，她告诉我的时候笑得很灿烂，其实只有我们自己心里明白，那是多么深的伤痕，又是多么深的无奈。"

我看着阿书，由衷地说："谢谢你，让我觉得我原来如此幸福！"

阿书微微一笑，说："不客气！"

然后阿书递了一根烟给我，说："来一口？"

我接过烟，说："好，来一口！"

这时候外面有人在喊："阿书呢？洞房时间了啊！"

阿书赶紧点着了烟，狠狠吸了两口，说："这个男人我才认识了三个月，这不也就结婚了吗？多简单的事！好了，我走了，下回你和兔牙结婚一定要通知我。"

我的烟愣在手上，看着阿书。

阿书笑着走了，背影留给我一句话："早看出来你们的关系不纯洁了！”

我一个人拿着阿书给我的那支已经点燃的烟，不知道如何下口。

这时候我收到木子的短信：“哈悠做父亲了。”

于是那种物是人非的苍凉感又袭上来了，我吸了一口烟，没有被呛，但是那种干涩的苦一下子就进到了肺里，我心里一阵眩晕一般的恶心，像是晕船。晕船的感觉跟晕车不同，晕车的话你会很镇定，因为随时都可以下车，但是晕船就不一样了，心里会有种末日的绝望，因为船身四周都是水，茫茫无边，你下不了船，只能继续受苦。

我想着我也许应该给哈悠发个短信祝贺一下，这样才能显得我已经对过去的种种释怀，因为放下了才可以客气。

哈悠回了我两个字——谢谢！

我一下子就哭了。

对不起，谢谢。

好的，谢谢。

就这样吧，谢谢。

……

结束了，谢谢。

我知道我已经有兔牙了，但是这并不能阻止我对哈悠的怀念，哈悠对于我来说已经不单单是哈悠这个人，他更是我无法忘怀的年少时光，是我最动情的暗恋情怀，更是最天真的自己。我一直想要回到那样的岁月里去，爱，或者不爱，就只有这么简单的两种选择。即使你为他或者为爱懊恼流泪，那都是充满青涩的少年汗味带着期许的眼泪。从那以后，再也没有过了。

那是我和哈悠最后一次联系，迄今为止，我都不敢相信那是我们发的最后一条短信，然而我们的所有故事终究是用“谢谢”做了结局。

好像也不是很坏，起码没有出现永不消失的八厘米的伤痕在额头上招摇。

从阿书的婚礼上回来之后我闷头写了一个月的小说，让自己沉浸在各种故事情节之中，于是又觉得现实很远，内心又有了战斗的勇气。

兔牙对我而言，是我手边永远温暖的那杯茶，贴心，安宁。

新小说即将结局的时候，路粉粉忽然来看我。

我看见她的时候就明白了她并不是真正的要来看我，她只是想找个理由出来让自己透口气。

她将遮住半边脸的头发掀起来让我看她脸上的伤痕的时候，我不敢相信这是小海的杰作。路粉粉笑着对我说："看见了吧，他打的！"

我简直不知道说什么才是最合适的，因为毕竟路粉粉和小海是有了孩子的夫妻，我不能整天见到人就劝人分手或者离婚，但是我也不能分析说这伤痕看起来打得不是很完美……最后我只能说："没想到小海这么男人！"

路粉粉的笑容仍旧在脸上，她说："我已经想通了，没什么大不了的，"

"既然你想通了为什么还躲到我这里来？"

路粉粉脸上红扑扑的全是笑意，她说："我躲的是另外一个人。"

我眨了下眼睛，就知道她说的另外一个人是谁了。

"路小天不是孩子都有了吗？他还找你干什么？"

"艾宝你这么聪明可不好，你怎么一下子就知道是他了？"

"难道除了路小天和小海你还有其他的关系暧昧的男人吗？"

路粉粉想了想，摇摇头。

我继续问："他是怎么做到这么不要脸地来找你的？"

"他问我过得好不好，我说很好，他不信，他说他反正是过得糟糕透了，而且从来都没有忘记过我，他异想天开地叫我离婚然后跟他结婚。这人的脑袋被驴踢了！"路粉粉虽然说的话不太好听，但是我看得出来，她心里全是得意，而且是那种终于复仇了的得意。

这果然又是个白玫瑰和红玫瑰的问题，我们怎么选择都是个错，没有得到的那个永远是心口的朱砂。

我没想到路粉粉竟然能这么理智，这有点不像她，这几年她对世事越来越漠然的样子真让人痛心，现实竟也能让一个曾经那么单纯的脑子不会多转几个弯的少女变成了一个洞察人情心内藏着大半份冷漠的姑娘。

我其实宁愿路粉粉特别夸张特别纠结地皱着眉头问我："艾宝，你说我该怎么办？他为什么要回头找我？我现在有家有孩子，我谁都不想伤害，我也不想伤害我自己……"

但是路粉粉不需要我们给她指一条路了，她自己有判断有决策，她知道她要什么，也知道什么可靠，至于爱情，早已经随着那些被她撕碎的情书扔到了垃圾桶里了。

"粉粉，你对路小天还有感情吗？"我不知道我为什么要问这个问题，也许是我不相信一个人可以真正地忘记另外一个人。

路粉粉想也没想就回答我说："那不重要！"

"那什么重要？"

"挣钱，给自己更好的生活，靠自己！这都比你那个无聊的问题重要多了！"

我拍了拍路粉粉的肩膀，说："孩子，你无敌了！"

路粉粉笑了，然后她忽然想起来什么了，问我说："召娣有没有给你讲她相亲的事？"

"召娣相亲？"

路粉粉点点头，拍拍自己的胸脯，说："我给介绍的。"

"召娣竟然隐瞒军情拒不禀报，我打个电话去骂骂她。"

我拿起电话刚要打过去，被路粉粉拦了下来，说："还是别打了，看来她打击不小。那天相亲召娣有些紧张，一直叫服务员给自己倒水，倒水的那个服务员是个女的，为什么我要特别强调一下那个服务员是个女的呢？”

我接过话说：“你不要告诉我最后那男的跟那服务员对上眼了。”

路粉粉哈哈大笑，说：“是的，我要说的就是这个。召娣后来看他们两个人又是聊天又是眉来眼去还互相留电话号码，拍拍屁股就走人了。而且她还说了，以后再也不相亲了。”

“她分手了？”我问道。

“据说是临近分手状态，她也就是想看看有没有更好的发展一下，如果有，那就彻底分手了。”

“召娣也这么不厚道了？”

路粉粉摇摇头，说：“不是召娣不厚道，她是被逼的，她家里的所有人都统一了意见，对她目前这个男朋友表示强烈的不满意，说如果不换人家里永远不会答应把召娣给嫁出去。他们扣了她的户口本。”

“那就不嫁呗，嫁人又不是什么多高尚多必须的事儿！”

路粉粉听我这么一说，非常沉默地看着我，以示反对。

舟亢邀请我去广州参加他的康复派对的时候正好木子也打电话叫我去广州见见她的新男朋友。

这两件事都让我着实亢奋。

我先去见的舟亢，舟亢的康复派对搞得像是单身男人的狂欢，自由刺激毫无章法，整个场面热闹的叫人觉得孤单。

舟亢端着酒杯对全场大叫：“去他妈的爱情！”

然后大家跟着欢呼。我也跟着叫了。

叫完之后我身后忽然响起一个声音，听起来好像是在叫我的名字，我转过身，看见一个男人，很面熟，正微笑地看着我。

没想到这里除了舟亢还有一个认识的人。

虽然我想了很久，但是我还是把他的名字叫出来了。

我特别大声地说：“辛转！”

辛转也特别大声地喊我的名字，他还用儿化音念了宝字，于是我感觉他想像吃饺子一样把我吃了。

“你认识舟亢？”我问辛转。

“舟亢？舟亢是谁？”

我笑了，才想起来舟亢告诉我的名字只是笔名。

辛转忽然明白我说的是谁了，说：“这个臭小子，泡妞连真名都舍不得用！艾宝你可千万别上当，这种风流浪子不适合你，你还是远离一些比较好。”

我笑说：“没事，我也没告诉他我的真名。我告诉他我叫十各，你可别给我说漏了。”

辛转大笑，说：“没想到重逢前最后一次跟你见面你是在对我说谎，重逢后第一次见面你是在对别人说谎，这两件事的共同点是，说谎的人没变，听谎言的人性别没变。”

“你还耿耿于怀？”

“没有，只是你那种拒绝别人的方式真的很老套！”

“没有经验，以后如果遇见类似情况一定设计全新剧情。”

说完我和辛转都哈哈大笑。

原来再次重逢是这样的，没有说好久不见，也没有说你好吗，彼此的第一句话其实是对方的名字。

“你现在有男朋友了吗？”辛转问我。

“有了。”说完我不好意思地笑了，说，“剧情很老套，但是没办法，这次是事实。你呢？”

“一个人。”

辛转说一个人的时候眼神里有种哀伤流过。

我确实没有想到他竟然还是一个人。当然，我是不会像以前一样傻乎乎地以为他是为了我才单身至今的。

“一个人也不是什么坏事，自由自在。”我随便安慰一句。

“一年前她出国深造，一个月前告诉我她结婚了。于是，我又成了一个人。”

我不知道说什么好，只好笑笑说：“好老的剧情！”

辛转也笑了，说：“没有经验，以后如果遇见类似情况一定设计全新剧情。”

然后我们一起哈哈大笑。

就在笑容里，我完全没有心理准备，辛转忽然蹦出一句话：“你是我的初恋！”

我一下子就愣了。初恋这两个字对于正对爱情处于迷茫期的我们来说，意味着情感世界的最大的一片天。

“这个……完全出乎意料。但是我希望我的存在没有给你造成困扰。”我微笑但是用调侃的语气说。

辛转将他的休闲西装外套脱了下来，拿在手里，吐了一口气，笑笑，看着我，说：“其实我还是想说上次离别的时候对你说过的话。”

“什么？”

“你什么时候分手？”

我很大方地说：“分手的时候通知你，希望你不会更换电话号码。”

舟亢走了过来，打了辛转一拳，说：“小子你就算女朋友刚刚跟别人结婚也不能在我的地盘泡我的朋友吧？你难道想让我的悲剧二次重演？”

“我们是大学同学！”我向舟亢解释。

舟亢一听，立即拉我到一边，低声说：“请你帮个忙，既然你是他的大学同学一定知道他大学的时候初恋是谁，他最近因为爱情受挫打击很大，发誓要为初恋守身一辈子，而且他最近有一些明显的心理疾病引起的行为混乱，我想请你帮忙找到他的初恋然后给他治治。”

我看着舟亢，想了几秒，说了句对不起，转身就走了。

虽然我不清楚我到底真的是不是辛转的那味药，但是我清楚地知道我自己并不想去做他的药，爱情是这世上唯一不能救助的东西。

但是刚从舟亢的派对离开我的头脑一下子就清醒了，于是我又转身回去。

等到我再次回去的时候全场已经都安静了，只听辛转在埋怨舟亢："你到底怎么说的？人都吓走了！我说了让我自己说嘛！是你了解她还是我了解她？"

舟亢已经看见了我，沉默着不说话。

辛转看舟亢沉默，一转身，也看见了我。

我笑了。

走上前，抱住了辛转，说："谢谢你给过我的所有的感动，舟亢是你的好兄弟，为了你一个人招揽了这么一大帮子的人来凑热闹。其实，重逢没有必要搞得这么费事，你跟舟亢要一下我的电话，给我个消息，随时都能重逢。追女孩，形式一点也不重要，有心就成。"

说完我松开辛转，旁边一群不明真相的群众开始起哄鼓掌吹口哨，辛转特别羞涩地对着大家喊了一句："革命尚未成功，同志们先淡定！"

我当时心里就想到了召娣，于是我对辛转说："我给你介绍个女孩吧！"

说完这句话我自己忍不住就笑了，当年我也想着把辛转介绍给召娣，结果被召娣拒绝，结果转了这么几年，又轮到我想把召娣介绍给辛转。

结果辛转说："算了，如果你不肯跟我在一起，就不要让跟我在一起的女孩身上还带着你的烙印。"

哎，又被拒绝了。

辛转和召娣真的是我生命里完全没有缘分的两个人啊！

第十九章 刹那的相逢

见到木子的时候我被她的样子吓坏了。

目光呆滞两眼深陷面色青黑，整个人就是一副大病未愈的状态。

她坐在我面前，勉强笑出来的样子让人觉得还不如哭。在她身边的那个男人，我看见第一眼就震惊了，虽然长相不同气质不同，但是我就觉得是另外一个李水在我眼前晃悠。

吃完饭之后我和木子单独聊了一会儿，于是才明白她憔悴如此的原因。

木子决定结婚了，和目前的这个男朋友。

当李水得到这个消息的时候忽然就冲到了木子的面前，他求木子原谅他，他说他仍旧爱着木子，尤其在经历了这么多事情之后，他才意识到木子对他有多么重要。

最后一次分手，李水忽然就感觉到了木子真正的离去，以前他们分分合合很多次，但是李水从来都没有觉得木子会真的离开他，只有这一次，他知道事情变了。可是当他意识到木子才是他最需要珍惜的人的时候，木子已经决定嫁给另外一个男人了。李水在木子面前发誓痛哭抽打自己甚至下跪，木子只是一遍一遍地哭，她真的无法给自己一个原谅李水的理由，即使她内心仍然爱着李水，但是她已经在答应另外一个男人的求婚的时候决定放弃内心的自己，给自己一个机会去追求幸福。

李水没能得到他想要的结果，他悲伤地离去，而后却电话短信不断。就在昨晚，李水的单位领导竟然给木子打电话，说李水站在屋顶，扬言如果木子不原谅他他就自杀，在电话里木子让领导转达了她已经原谅李水的意思，可是李水还是不下来，他非要木子说愿意和他重新开始。木子终究没有说这样的话，而李水最终也没有自杀成功。

然而因为李水，木子几乎哭干了所有的眼泪。

“我其实很迷茫，我一直在想李水这一次是不是真的可以改过来，如果他真的能呢？我却没有给他机会，错过了，就是一辈子了。”木子说这话的时候眼神闪烁，她确实是在迷茫，而且是在她已经决定嫁人的时候。

“我想起来了，我还没有给你说过三子的事。”

“三子怎么了？”

“三子被抓了，然后他的情人给文青打电话。”我说完这句话看着木子，没有继续说。

木子的眼睛里全是绝望。

过了好久，她笑了笑，说：“我知道该怎么做了。”

其实我只是想提醒木子，大部分男人的承诺永远在变，大部分男人的德行永远改不了。李水怎么看都不属于少部分里的分子。

我很难判断这算不算是木子和李水的结局，世事难料，就像昨天他们还在一起，今天却反目成仇，谁也不能说明天他们就不会恩怨两消。

后来在木子结婚之前，我见到了李水的新女朋友。

据说是李水逼着家里赶快给他找个女孩结婚，然后家里安排他相亲便认识了那个姑娘。我当然不知道李水是从多少个姑娘中间挑中了这么一位，只是那位姑娘和木子酷似这件事着实让我很吃惊。

李水在木子面前说，既然不是和你在一起，那么我就可以和任何一个人在一起。

可是他选的这任何一个人似乎也太用心了一些。

这两个人到底是何必？

我从木子那里离开的时候又说了一些安慰她的话，比如千万不要相信男人的鬼话一定要找一个真正疼自己的男人即使你不爱他，后来想想，我有些后怕，不知道这些话有没有对木子的爱情观产生一些扭曲的影响。

其实我本意并非如此，我只是在对待木子的事情上选择了对症下药。

我想起了当年我和召娣义愤填膺地劝路粉粉离开路小天时的情形，才发现我这一路没做过几件撮合人在一起的好事，尽干一些缺德的事，于是我有理由相信，这完全是我这些年一直处于炮灰状态的最大原因。

2009年初夏，我的情感世界经历了一次断档，主要是因为我觉得我和兔牙已经发展到了无话可说的地步了。我们彼此太熟悉了，这么多年，能说的话基本已经说得干干净净，如今我们好像都需要找另外一个人再来听一些新鲜的事，或者把自己再重新说一遍给陌生的对方听。

这时候正好有一次去北京学习的机会，我便离开了兔牙，一个人到远方冷静冷静。

兔牙似乎也正有此意，他每晚苦于找不到话题和我说话的一脸苦闷的样子已经向我表明他多么希望和我分开一段时间。

我从没想过会在北京遇见一个让我倾心的男人，由此我后来开始相信，女人心里也是有很多空位的，并不是进来一个就得走掉一个的空间状态。

赢久这个名字后来也成了我记忆里最为特殊的名字，我甚至怀疑他仅仅是为了取代哈悠这个名字而出现的。

遇见赢久的时候我们都在西单的图书大厦看书，他正好站在我身边。我的余光告诉我他拿的那本书恰好是我写的，当时我的心情非常激动，忍不住又看了他一眼，立即觉得这个人气质非凡。

“你觉得这个书怎么样？”我忍了半天，最后还是想问问看。跟和他搭讪相比，想知道读者对我文笔的评价这种话都是假的。

“很有意思。一个女作者能写出这么理性的东西很难得，而且感性的一面也诠释的很好。”他说这些话的时候并没有看我，眼睛还是落在书上。

我笑了，说：“是我写的。”

他这次转过头来看我了，眼里是惊讶的笑意，然后他忽然说：“既然如此，我还要说一点对这本书的看法。”

“说吧。我一点也不介意有人当面夸我！”我得意地说。

“哈哈，你很有意思。但是我要说的是，你这本书结构松散内容老套，情节进展又缓慢，你需要继续努力了。”

真是上天不公，有一些人就算说一些批评的甚至尖酸刻薄的话听起来也这么周身舒畅。

他说这话的时候依然是笑着的，我也是笑着的，我一点也不介意他这么说我，如果他愿意，我可以一直这么听他批评下去。他说话的时候眼神里会发出光亮，然后把我整个人都吸了进去。

“你说的对极了，看来你是一个非常懂文字懂小说又懂生活的人，有机会一定好好向你请教。”我礼貌地说。

他一下子有些惊讶，然后哈哈一笑，说：“我前面说的话是跟你开玩笑的，我想看看一个小说写得如此好的人是不是自身素质也很好。果然，我喜欢！”

真正是瞎猫撞见了死耗子，放在平时，如果有人批评我写的那些宝贝疙瘩，我一定跟他没完，自己养的孩子只有自己知道该怎么疼，要打要骂只能自己动手，别人动一下子，那就要了亲命了。

可是今天我为了一位帅哥连亲命都不要了。

“我叫赢久，你签这里吧。”半小时后，赢久买了一本我的书，然后我在图书大厦的门口给他签了我的大名，当时手就那么一抖，把我的电话号码也签了上去。

赢久拿过书，然后拿出手机，没多会，我的手机响了。

我接通电话，赢久笑着在那头说：“能赏个脸一起吃晚饭吗？”

“为了感谢你买我的书我也必须赏脸！”

就这样，我跟赢久成了朋友。

我从未交过这样的朋友，我们之间不谈彼此的家庭，不谈爱情史，不谈未来不谈政治，我们会坐在一起说说此时的心情，说说某一刻的心动，说说那些不知道该找谁诉说的梦想以及荒唐的想法。比如我说我就想一辈子不结婚，这样爱情消失的时候不用头破血流，一辈子不生孩子，这样分手的时候都不会有牵挂，或者一辈子睡在马路边，赤条条无所畏惧。

我常跟赢久一起去书店看书，这也是我们之间最常用的见面理由。

赢久和我以前认识的所有的男人都不同，他看着我的时候眼神里没有暧昧的神色，他亦不会对漂亮女生产生超过平常的荷尔蒙，我甚至开始怀疑他并不喜欢女生，然而他对男人也很冷淡，他身边所有人对他来说都是一样的。

因为我们从来都没有谈过爱情，所以我无法知道赢久是因为家里已经有了一个爱情归宿所以在外不碰野花，还是他受过伤害心如止水对女人提不起兴趣。但是即使如此，他仍旧是一个丰富并且风趣的人。

我们一起坐在书店的地板上，他看名人传记，我则看一些畅销小说，或者他看历史，而我则选择漫画。我们是看起来那么不相同的两个人，但是却有一致的内心。

比如他说：“只一味想着如何做人的人太俗气，只一味想着如何做自己的人太自我。”

我说：“但是能找到这两点之间的平衡点的人活得太累，我宁愿自我的活着，起码这很真。”

他就笑了。

我知道这也是他的选择。

但是我又补充了一句：“可是，事实上我们还是很累地活着。”

赢久的眼里有一丝惊讶，然后他叹息一声，说：“你看得真透，你是我认识的女人里最不一样的一个。”

我笑了，说：“那可能是因为你没有走进她们的内心。人的表面和内心距离很远，纯粹只会和你谈美食美衣美妆的姑娘也不是没有，但是只和你谈这些内心却有更大的世界的姑娘一定更多。”

赢久沉默地看着我，笑意在他的嘴角显得那么可爱，他此刻的眼神不是崇拜不是吃惊不是爱，而是赞赏的欣喜。

他给我推荐佛洛依德，他说他一直在研究这个人和这个人的学说，他想从自己的研究里发现真正的自己，自己的内心究竟如何布局又会在什么情况下做什么样的改变，这是他一直想要弄明白的事，他说如果把自己弄明白了，就会清楚地做出各种选择，而且每样选择都遵照最深刻的内心，那么自己就会得到真正的快乐和幸福。

我快要崇拜他了，听起来他研究的东西并不深奥，但是却是每个人真正所需。

于是我对他说：“你快点研究出一套体系，然后我把自己也放进去，这样我也就能够懂得自己了。”

有时候我们坐在书店地板上还有咖啡厅的沙发上讨论的这些问题常常会让经过的人侧目。

只有一次他生气了。

因为我笑着对他说：“他们如果听见我们的谈话内容一定会以为

我们是神经病。”

他的脸色立即就不好看了，然后他看着我，非常严肃地问道：“你是不是从内心里觉得这些问题很可笑完全不值一提？”

我赶紧解释：“我从未这样想，你也不要这样想。我只是在向你提示世人的内心到底有多浮躁，他们如果听见我们在谈论金钱和美女就一定会觉得我们很正常！”

他脸色缓和了一些，但是依旧很严肃，说：“你以后必须忘掉刚才的想法，自己必须先认为这都是应该和必须的才能去做你想要做的一切。”

我点点头，然后合上书说作为道歉礼，我请他吃饭。

我和嬴久整整认识了十天。在这十天里我甚至有一天逃掉我的学习课去陪他爬长城。

烈夏，毒日当头，我和他都大汗淋淋，但是他看起来很开心。

那一次我有一些力不从心，开始觉得我有些跟不上嬴久的脚步，以及他的内心。

他其实是真正的完全自我地活着的人，而我是属于活得很累的那类人。

比如我们正在爬长城的时候兔牙给我打电话，问我在哪里。

我回答说跟着学习班在爬长城。

挂了电话之后我心里也有一丝愧疚，但是我立即就给了自己个理由让自己舒服起来，我对自己说，这些天兔牙也许正和另外一个姑娘谈得火热呢。就像我和嬴久一样。

长城只爬到一半，嬴久说：“回去吧，没有意思，前面依旧是这样的砖这样的墙，我们爬的不过是距离。”

我非常赞同他的话，因为我已经又累又晒有些吃不消了。

我当时跟在他身后，看他被汗水打湿的T恤，问自己为什么要被他这种自我的特质所吸引，仔细想想，也许是一个字——真。

那天晚上他说天太晚了要送我回去，怕我一个人不安全，于是我们一起走了很长的一段路。

那也是唯一一次我们说到了一些关于感情的话题。

我很好奇，忍不住问他："你有心动的女孩子吗？"

他笑了笑，说："有啊，有很多呢！"

他的答案让我很吃惊，好像跟他原来的气质不符。

他看我一脸惊讶，笑着说："这不是很正常吗？比如你家里买了一双好看的鞋，但是你下回看见商场里有一双好看的鞋照样会心动，美好的东西大家都会心动的。"

听他这么一说，似乎确实是一件合理的事了。

"你敢说你迄今为止只对一个男人动心过吗？"

"好吧，我输了。"我只好投降。

"你也不用上班，不用陪女朋友，不用考虑怎么生存吗？"我又问。

"那你呢？好像我有空的时候你也都不忙嘛！"

他确实很聪明，跟聪明的人对话会觉得每一个过程都是一场智力赛。

"你想过要结婚吗？"我又问。

他想了想，然后说："你刚才问了之后我想了一下，这是我第一次想这个问题，这一次，我的答案是，我还不想结婚。"

途经一家小店门口的时候他让我等他一下，他说要进去买包烟。

我站在门外等他，打开包准备拿张面纸出来擦擦汗，这时候忽然一个男人快速地朝我撞了过来，伸手拿起我包里的钱包就跑，我啊的一声还没叫出口，刚刚走出店门的嬴久就追了上去。

我愣在原地半天，刚想抬步去追却已经看不见他们的身影，我又不敢走了，我怕嬴久等下转头找我的时候找不到。钱包里有我所有的证件还有银行卡和现金，如果追不回来起码一周我不知道要怎么度过了。我拿起手机本来想报警，后来想想，警察未必比嬴久管用。

大概五分钟，远远地就看见赢久压着一个男人走过来了。

果然，赢久是比警察管用的。

“把钱包还回去！”赢久对那个男人说。

那个男人将钱包递给了我，我赶紧打开看看有没有少东西，还好，分文未少，这么短的时间估计他还没有来得及下手。

“道歉！”赢久拧着那个男人的胳膊说。

“对不起！”

“真诚点！”

那个男人斜了赢久一眼，说：“你到底是哪条路上的啊，我真是服了你了，你把我送警察局得了。”

赢久不理他，说：“快！真诚点！不然就送你回家告诉你老婆孩子你偷东西！”

“我没结婚！”

“那告诉你爸妈！”

“他们不管我！”

“那告诉你女朋友！”

“我没女朋友！”

赢久冷笑一声，说：“那好吧，在你住的小区放广播！专门播送你的光荣事迹。”

“你怎么知道我住哪里？”

“我今天不知道不等于明天不知道，明天不知道我就继续找，我有的是时间，总有一天会知道。我也有耐心。”

那男人立即转头对我说:“真的对不起,我错了,我不该偷你的钱包,以后我就是偷警察的钱包我也不再偷你的钱包！”

赢久竟然满意地笑了，说：“看清楚她长什么样了吗？不仅仅你以后都不偷她的钱包了，你的同行也不能偷她的钱包了！”

“一定会把你这位神人在同行中间广为宣传的！”

赢久就这样将那人放了。

“为什么放了他？应该交给警察。”

“那之后又怎么样呢？你钱包也找回来了，顶多关他十五天，出来之后他照样偷东西，什么效果也不会有。我这样做，起码能保证他以后不会偷你的东西。”

“你是怎么制服他的？”

“也没怎么样，就是把他两个胳膊都从原来的位子上拉出来了，然后拿把刀吓唬了一下。”

第二十章 正常人与精神病

我也是那天才知道赢久原来身上一直都带着一把刀，说大不大，说小却也足够杀死一个人。

我说过，赢久是我所有朋友里最特别的一个，但是我没想到他特别到真的无所畏惧，他说他带刀的原因并不是因为自保或者吓唬别人，他纯粹是为了随时准备解脱自己，像那天晚上的事，纯属巧合。

这些话是我们相识的第十天他告诉我的。

他那天的样子看起来像是要与我道别，虽然他看起来心情很好，脸上也是笑意盈盈，但是他的谈话内容多是围绕感谢遇见我感谢我陪伴他这样的话题。

我忍不住问他：“你是不是要离开？”

他点点头，说是的。

“去哪里？”

“这要去了才能知道。”

我笑了，说：“我懂了，重要的是离开，具体去哪里并不重要。”

他点点头，举起酒杯，说：“你会想念我的！”

与赢久干杯，然后看他的微笑，我希望将这微笑永远记在脑海里，因为我相信等待下一次见面的机会犹如大海捞针，接近于零。

分别的时候赢久第一次拥抱了我，他温暖的手掌在我后背拍了拍，然后说了句再见就转身离开，那么潇洒。

当天晚上我为了和赢久的分别写了一篇很长的文字，在文字里我祝福他在远方能够找到内心的自己和适合他的好姑娘，结果第二天早上的一通电话让我觉得那些祝福简直可笑。

“是艾宝吗？请问你认识赢久吗？”一个陌生的男人的声音。

“认识，怎么了？”

“他今天早上被发现死于自己的家中，我们查了一下他的通讯记录，最后一通电话是昨天晚上打给你的，所以想请你过来做一下调查。”

这些信息让我的大脑一时间混乱起来，我理了半天，但是最后我还是说：“你们搞错了吧？昨晚我们分别的时候他一切都很好，他说要去远方……”

“你先过来我们再详细说吧！”

我一路失魂落魄颤抖着到了警局，我难以想像一个昨晚还和我谈笑风生举杯共饮的男人今天早上就与我诀别了。

“我们初步判定是自杀，找你来就是主要了解一下情况，让我们的判断更准确一些。这位是康仁精神病院的医生，他主要负责赢久的治疗……”

“等等，等等，你说什么？精神病院？赢久有精神病？”

他们互相看了一眼，然后那位医生说：“赢久已经有长达五年的精神病史了，这次他从医院逃出来长达半个月，逃出来之前正是他刚好病情加重的时候。”

“我不相信，他一切都很正常。”

“他是一个高智商的精神病，一般人是看不出来他的异常的，他的主要症状是抑郁，他一直要寻找自己，他有很多次为了寻找另外一个自己而自杀的记录，这一次，他一定又是寻找自己去了。”

“我还是不相信，你们骗我，他怎么可能有病？他的谈吐休养还有他的智慧，都比一个正常人要高出一截，他怎么可能是病人？而且我和他相谈甚欢，我不敢相信我会和一个精神病谈的如此投机。”

那个警察非常淡定地在一旁插了一句话：“那么，很有可能你也有病，但是你并不知道。”说完他非常认真地转头对那个医生说，“要不要给她也做个检查？”

“开什么玩笑？”我起身就准备离开，警察抓住了我，说昨晚的事还没有交代清楚。

于是我开始将我是怎么认识赢久的怎么相处的以及昨晚怎么告别的所有事都告诉了他们，说完，我说：“你看，多正常的一个人。”

医生看了警察一眼，说：“不用检查了，她至少是轻微精神障碍。”

我一听，真害怕他们把我弄精神病院去，于是我赶紧说：“不是，我就跟你们开个玩笑，其实我在写一个小说，里面会出现很多稀奇古怪的人，后来我遇见了赢久，我就觉得他不太正常，非常适合我想要的角色，于是我就开始跟他打交道，想窥视他有一个怎样的内心世界。其实我跟他聊天，真的，乏味的很，但是我为了自己的小说，不得不忍辱负重。真的，请你们相信我。”

说完，我看见他们都松了口气，然后放我离开了。

走出警察局的时候，我的手机铃声把我吓得魂飞魄散，我有一种强烈的预感，觉得电话上显示的来电是赢久的。

我闭着眼睛把手机拿到面前，然后猛地睁开眼，松了口气，原来是兔牙的电话。

“艾宝，我买了房。”兔牙在电话里开心地说。

“哦，恭喜你。”

“你好像不开心。”

“我遇见了一个神经病，暂时开心不起来。”

“什么神经病？”

“说不清楚了。说说你买房的事吧，你为什么要买房？”

“娶你啊！”

“这个事等我回去再说吧！哦，对了，我今天就回去。”

“你不是学习班还没结束吗？”

“不，我一定要今天回去，我要回到现实里去，我要呆在你身边，不然我觉得我真的就快要成精神病了。”

就在回去的路上我还在迷茫，我在想嬴久是不是真实存在的，或者这只是我做的一场梦，亦或是我大病一场，出现幻觉？可是他的眼神他的声音以及他最后的那个拥抱都那么真实，对了，还有他身上的汗味，清晰的让我害怕。除了他帮我追回钱包那一段记忆像是假的，其他的都真实得吓人。

就在火车开动之前，我决定去康仁精神病院验证一下这所有事究竟是真是假。

我又见到了那个在警局见到的医生，他将嬴久的病例拿给我看，然后我看见了病例上的嬴久的照片，一脸笑意，从容的样子一点也不像是被困在这里的精神病人，他的眼神透过照片传递给我，我忽然清醒了，明白他已离开，他与我相遇也许只是为了让我活得更现实一些。

真的难以相信，我又在北京开往深圳的火车上遇见了舟亢。

“你不是应该去广州吗？”我奇怪这样也能遇见他。

“这次要从深圳去广州，因为我要去那边见一个朋友。”舟亢说完，笑着解释了一句，“是辛转。”

“他去了深圳？”

“嗯。不过你不要担心，他不是为了你而去的，他家的公司在深圳开了个分公司，他过去打理生意。”

我沉默了一会儿，想换个话题，便问舟亢：“你为何一直在这么远的两个城市之间来回跑？而且你为什么不坐飞机？”

“我常常会在不知道自己为什么活着的时候就从广州回北京，再从北京回广州，这一路颠簸会让我清醒。坐火车，仅仅是因为我恐高。”舟亢说着拿出烟来点，我伸手要了一支。

“你竟然开始抽烟了？”

我摇摇头，说：“没有，只是陪你而已。对了，你的腿利索了没有？”

舟亢拍了拍腿，说：“差不多了，这一折腾，彻底舒服了。”

“那就好。对了，我要结婚了。”

“真的？”

我想了想，说：“大概是真的。”

舟亢吐了口烟雾，看着车窗外，说：“我希望以后再坐火车的时候不会再遇见你了。”

我也跟着吐了口烟雾，说：“我真希望你告诉我说你为了能在火车上与我相逢不知道坐了多少趟火车，以后终于不用再坐了！这样我的虚荣心就可以得到极大的满足，对于一个炮灰女来说，如今的辉煌也可以照亮过往的黯淡。”

舟亢笑着看我，好半天没说话，然后他从怀里掏出一张照片，是一个姑娘的侧面。虽然仅仅是侧面，但是却可以看得出来她的美丽和优雅，她微微笑的嘴角让人神往。

“其实我在等她。但是我一次又一次地遇见你，却再也没有遇见过她。我真后悔第一次只是偷拍了她的照片而没有上前要电话号码。”

我无奈地看着舟亢，说：“你非要这样对我吗？”

舟亢哈哈大笑，说：“回到现实了吗？是不是发现即使你有再浪漫的相遇，到最后你还是个炮灰？别激动，我不是损你，我其实只是想说，缘分这玩意儿，就是把人当猴耍的。”

我看着舟亢，终于明了我生命里那么多的相遇其实大抵如此，不过是为了擦肩而过，不过是到最后就各奔西东，不过是为了让彼此作伴的那段旅程不会一个人沉默。

那些最终会与自己相守的人不需要相遇，因为一直在身边。

跟舟亢在车站分别的时候我祝他下次不会再遇见我。

后来我把舟亢和嬴久的事讲给召娣听，她虽然听得哈哈大笑，但是却并没有过多的惊讶，最后她总结说："你总是能遇见各种各样的神经病和怪胎。"

我想了想，还击她说："嗯，就像你总是能遇见一模一样的胖子。"

说这话的时候我还没有见过召娣身边的那个胖子，但是人可以性格不同面貌不同身高不同，胖，总归都是相同的，那就是肉多。

因为这句话召娣有近一周都没有理我。

后来再接到她的电话是因为她通知我她要嫁给那个胖子了。

召娣果真是要和胖子死磕到底了。

我给她的最贴心的祝福就是祝愿胖子早点减肥成功。

兔牙带我去看房，然后他告诉我说，这以后就是咱们的家。

他说咱们这两个字的时候理所当然，一点别扭的成分都没有，我觉得他是真心想要娶我的。

"兔牙，你要想清楚，你真的要娶一个知道你所有过往的风流史的女人？你可知道女人在不讲理的时候有多可怕？她会拿出你所有的她不喜欢的行为来攻击你，而且这个女人每月还会有莫名其妙的大姨妈期，以后还会经历更加歇斯底里的更年期，你确定你要冒这么大的风险吗？"

兔牙点点头，说："只有这样以后吵架的时候她才不会反复逼问我以前到底跟谁有过什么样的风流韵事，反正什么事你都知道了。"

我想了想，说："好吧，那么我要考虑一下是不是要嫁给一个知道我所有炮灰史的男人，因为我要防止以后这个男人厌倦我的时候会拿以往的事来刺激我，而且宣扬他会娶我简直就是做了一件可以奖励小红花的好人好事。"

兔牙脸上是得意的笑容，他说："所以我更要娶你，安全！"

“说话小心点哦，至少到目前为止我还没有答应要嫁给你哦。”

“不嫁给我，那你要嫁给谁？”

我竟然傻乎乎地认真地想了五秒，然后更加傻乎乎地说：“好像真的没有其他人了。”

虽然第二天早上我才想起来辛转这个名字，但是中间相隔这么长的时间足以说明辛转这个人对我来说有多么无关紧要。

兔牙问我这算不算是答应他的求婚了，我非常奇怪地问：“你什么时候求婚的？”

兔牙几乎抓狂地说：“跟一个傻女人沟通有多难你懂吗？”

“不懂，我又不是傻女人！”

“所以，跟一个不傻装傻的女人沟通有多难你肯定懂了！”

于是我说：“好吧，兔牙，我愿意嫁给你了。”

这事听起来就像过家家，这种形容当然只有路粉粉能说得出来，但是召娣的形容更叫人喷饭。她说：“艾宝就是典型的专门找坑往里跳的那种，事后还故意说我真不知道那是坑啊，其实是坑里有肉！”

我真的不知道召娣是怎么看出来坑里有肉的，但是我对她说：“难怪一直遇见胖子，你心里一直惦记着肉。”

这一次召娣没有生气，她说：“我们分手了。”

“不是才决定要结婚吗？”

“就是因为准备结婚，才看出来我在他心里到底是什么地位，对于他是个胖子这件事我已经委曲求全，并且跟家里人闹翻，现在对于结婚的筹备上，我绝不将就。”召娣狠狠地说。

有些人就是本末倒置，该认真的不认真，不该计较的偏偏计较。

“其实我并不是一定要彩礼，我只是想看看我对他有多重要，这件事上我绝不含糊，我不能众叛亲离之后，只是嫁给了一个把我当成只值几毛钱的男人！”

召娣的话听着很有道理，我和路粉粉都不知道该怎么劝她，是劝她不要在意还是鼓励她坚持己见？

“那现在是真的分了？”

召娣眨巴着眼睛不说话。

我说：“只是吓唬他的吧？悠着点，不要到最后他一狠心，真的不要你了。”

“他不敢！”

“你确定！”

召娣又眨巴眨巴眼睛，然后她底气不是很足地说：“除了我，真没人要他！”

“那你为什么要他？”

“他对我好！”

“那他不会对别人好？”

召娣不说话了，叹口气，说：“走一步看一步吧，我这几天天天在家收拾行李，随时准备离开他。”

“他什么反应？”

“目前还没什么反应。”

我想了想，对召娣说：“我给你介绍个男朋友吧！”

“不要，一个都够烦的了！”

“你不是要分手了吗？”

召娣冲我吼：“艾宝你真是唯恐天下不乱啊！不要说警察了，现在连我都怀疑你有精神病！你看看你想给我介绍的那些人，第一个是宣华，第二个是你不要的二手货，后来就没再有过靠谱的了，路粉粉还给我介绍了一个看上端水的服务员的男人，你这回想介绍谁啊？”

“舟亢。我觉得就你这浑身散发的哲学气质，绝对能和舟亢成为很好的一对。”

“省省吧。一个受伤自虐还来回坐火车寻找偶遇的疯子，你还是留着自己享用吧！我这辈子，认命了，我就嫁给胖子了！”

第二十一章 姑娘进入新阶段

木子和李水是一前一后结的婚，中间相差了不到一个月。

那已经是 2009 年秋天的事了。

我在木子的婚礼上再次见到哈悠，他已是另外一个模样，谈笑风生不受拘束，他的笑话说的全场都跟着哈哈大笑，我也笑了，我已经释然，对于过去的那个再也找不到的腼腆的哈悠的消失完全释然。兔牙是第一次见到哈悠，关于哈悠，我什么都没有给兔牙说过，但是那次见面之后兔牙偶尔总是会说起哈悠，他用的定语是“那个你一直惦记着的”。

但是那次我和哈悠竟然一句话都没有说，他也并没有多看我一眼，他和其他人说起他的老婆和孩子时一脸的幸福，我也安静地听着，清楚地知道那些都跟我毫无关系。

兔牙在我身边，静静地拉着我的手，面带微笑，陪着我。

木子那天很美，她的新郎寸步不离地守着她，为她提婚纱的裙摆，用身体挡住匆忙的人群，给木子夹菜，牵着木子的手，一个一个地敬酒。

我当时心里只有一个念头：李水你这个负心汉，这么好的姑娘拱手让给了别人了吧？

我本来还以为李水会在婚礼上闹事，按照他在木子结婚之前的种种过激行为，此时来闹事也是完全有可能的。但是李水没有出现，更没有闹事，我稍稍有点遗憾，但是也抱着一丝李水确实改过自新的希望，至少，不会再有姑娘受伤。

召娣和路粉粉都来参加木子的婚礼了，我们又有机会在夜灯下的街边坐着一起享受秋风。

“有段日子没坐在一起聊天了吧？”召娣说。

“自从上次最后一次和文青聚，后来就没有再聚过。这一次，还是差了她一个。”路粉粉手里的鸭脖子散发着诱人的香味。

我递给召娣一串冰糖葫芦，又从路粉粉手里拿过一个鸭脖子，一边吃一边说：“下回我和召娣结婚又能聚上两次。不过文青最近怎么样了？自从上次替她处理小三事件之后我就没和她联系过。”

“老样子，在家带孩子。三子走了。”路粉粉说。

“走了？这是什么意思？”召娣一个冰糖葫芦咬了一半，张口说话，另外一半掉了下去。

“出去挣钱养家啊！”路粉粉说。

“去了哪里？”我就随口一问。

“听说是西安。”

我当时一愣，因为我对那个叫管小轩的女人仅存的记忆里有她是西安人这个讯息，而且她说她要回老家了。

“艾宝你怎么了？”召娣问我。

我说：“那个女人也是西安的。三子要去西安，我感觉这事有点蹊跷。”

路粉粉不以为然，说：“不要想那么多了，文青为了三子，你说什么罪没受，什么苦没吞？三子就算再没良心也不至于现在对文青撒手不管。”

召娣来了一句："狗改不了吃屎。"

我和路粉粉互相看了一眼，沉默了。

过了一会儿，路粉粉说："文青都不在乎，我们在乎有什么用？"

我嗯了一声，说："自己的事还操心不过来呢！"

"文青一定是为了孩子才委曲求全的！"召娣又说了一句。

"这个我们都看出来了！"路粉粉说。

"但是文青很有可能自己也有情人，这个你们都看出来了吗？"

我和路粉粉又不说话了。

鸭脖子辣得我眼泪都快要出来了，我一边哈气一边说："其实，这个可以有！"

路粉粉瞪了我一眼，说："都关心关心我吧，我这次出来是顺便离家出走的！"

我和召娣只是轻描淡写地哦了一声。

路粉粉觉得没有达到她要的效果，又说了一遍："我说的是离家出走哦！"

"我们都听懂了！"我和召娣齐声说。

"那你们怎么这么个反应啊？"

召娣和我立即一脸认真，对路粉粉说："恭喜你！"

路粉粉无奈了，说："我知道你们以为我闹着玩呢，真不是！不过这次也不是因为小海，完全是现代家庭中不可避免的婆媳矛盾，我一个上班族，老太太不是嫌我加班太晚就是嫌我不照顾孩子不照顾家庭，反正她看我怎么都不顺眼，归根到底不就是因为我没给她生个孙子？我真是受够了，必须给她点颜色看看！"

我和召娣听完路粉粉的话互相看了一眼，然后叹口气，不知道说什么好。

清官难断家务事，婆媳问题永远都说不清楚，但是我们叹气的原因是，真没想到，现在这些话题轮到我们来谈了。

时光是把杀猪刀啊！

接下来就是我和召娣一直沉默着聆听路粉粉的各种从生活中总结出来的教诲，我们看着在灯光下对各种家庭琐事发表感慨的路粉粉，一点也找不出当年校花的遗风。一代校花的传奇，终于被婚姻生活以及婆媳矛盾终结了。

“你有没有想过路粉粉会成为现在这样？”我问召娣。

召娣摇摇头，然后说：“不过我也没想过你会成为现在这样。”

我笑着说：“但是我们都想过你会成为现在这样？”

果然，召娣问：“什么样？”

“跟一个胖子在一起。”

召娣举手要打我，路粉粉看见了，说：“你们俩到底有没有在听我说？早晚你们也是要和我一样的，过日子就是柴米油盐，生了孩子就得和婆婆住一起，那日子的调料就不光光柴米油盐那么简单！多听听过来人的话，对你们有好处！”

“我请保姆！”召娣说。

“我不生孩子！”我说。

路粉粉刚刚说到激情澎湃的地方已经站了起来，此时她又泄气地坐了下来，用少有的忧郁的语气说：“以前真不知道那时候那样的日子原来是最好的！”

“现在知道也没什么可遗憾的，因为那样的好日子也都是你自己经历的。”召娣用她惯有的哲人气质说。

我看着路粉粉，说：“虽然我刻意让你的话从我的左耳朵进去右耳朵出来，但是事实上你还是吓到我了。我本来一想到文青就已经失去结婚的勇气，如今再听见你这么说，我就觉得不如一个人过一辈子算了。”

路粉粉摇摇头，说：“千万不要以为一个人过一辈子会比找个人结婚过一辈子更简单更轻松，因为你身边的所有热心的围观群众会对你为什么一直单身关心不已，各种帮忙和流言蜚语以及家长给你的压力会让你想死！”

“太精辟了！”召娣向路粉粉鼓掌，说“都说士别三日当刮目相待，我看这句话不如婚后三日当刮目相看啊！”

“这句话我非常赞同，婚姻才是真正锻炼人的战场！”我补充说。

路粉粉看着我们摇头叹息，说：“你们这样的态度太过于乐观啦！”

我们这样还叫乐观的话，我真想像不出悲观的态度该是什么样的了。

召娣忽然拉着路粉粉小声问：“快教我点绝招，比如，如何发现老公行为怪异有情况出现，如何把老公的花花肠子闷死在肚子里，如果已经有外敌侵入，又应该如何应付！这个我觉得才是对我最重要的。”

我看着召娣，安慰说：“这个，好像你用不到吧？”

召娣一脸鄙夷，说：“艾宝你真是不了解现实，婚后的男人，长相已经不重要了，有没有钱也不重要了，重要的是他是不是想出去鬼混！免费的不好找，自费的还不满大街吗？”

我抱双拳对召娣说：“佩服佩服！”

路粉粉想了半天，说：“这个得看个人的修行了。”

跟没说一样。

不过路粉粉这次是真的离家出走了，后来小海把电话都打到我这里来了，我才知道路粉粉还没有回家，那已经是一周后的事了。

路粉粉并没有告诉我和召娣她去了哪里，但是直觉告诉我，路小天一定知道。

我当然不能在电话里跟小海说路小天也许知道路粉粉在哪里，那无疑是雪上加霜。

我只好把路小天从我的QQ黑名单里再拉出来，这也是我第一次感受到QQ会员的优越性。

我只问了一声路小天在不在，结果他异常激动地跳出来说：“艾宝，是你吧？我知道我是个混蛋，我知道你很想打我骂我，但是我是真心后悔，你能在粉粉面前帮我说说好话吗？让她原谅我！”

我看着路小天发过来的消息浑身不舒服，我说：“您千万别误会，我真的没有想打你想骂你，犯不着！”

“我知道我自己犯了多大的错，这几年我所有的生活都是在对我所犯错误的惩罚，你怎么说我都是应该的。也许你不信，如今我依然爱着粉粉，我非常希望她能再给我一次机会！”

“您可真是个混球，自己不安心过日子就算了，别搅合别人好吗？路粉粉现在幸福得一塌糊涂，哪有空搭理你啊！”

“其实我要求很低，就是能够经常见见面就行了，我有时候会特别想她，想得睡不着觉。”

“别恶心了行吗？我都要吐了。有本事你穿越去！回到过去重新开始！对了，现在穿越可流行了，你去触个电或者撞个墙，再或者买张机票然后跳机！还有一个办法可以让你解脱，买点脑残片吃吃，专治后悔！”

我刚发过去，路小天发了一张晕倒的表情过来，我怕他再说刺激我的话，再次将他拉黑了。

拉黑之后我拍拍胸脯，对自己说：“真爽！当年没骂路小天真是失策，憋了这么多年，还是要说出来！”

心里确实舒畅了，但是随即我意识到问题不对了，我明明是想要问路小天路粉粉在哪里的，怎么最后什么没问到就拉黑了？

要不要把他再拉回来继续？

算了，路小天会以为我看上他了，不然干吗专门把他拉黑了玩？

这时候小海打电话告诉我说不用找路粉粉了，她已经回家了。

我不知道路粉粉到底有没有去找路小天，这个问题我永远不能问出来，就像有一次路粉粉情绪低落的时候说起当初她和路小天谈恋爱的时候他是如何把她冰冷的手放在温热的皮肤上取暖，我沉默着不说话，我不能提醒她，那不正是伤害你最深的人吗？然而谁也不能否认，那份回忆的美好和纯净，当时，什么都是真诚的，不管后来发生了什么，仍应该客观地去看待。

最重要的是，路粉粉在她的回忆里得到了她想要的力量，谴责如今的生活，还是珍惜身边的人，她自己更清楚。

2009年底，春节，召娣终于在彩礼这件事上退了一步，所以她成功地嫁给了胖子。

但是她的婚礼我没能参加，因为兔牙生病了。

因为一直都是兔牙在照顾我，他忽然病倒需要我转换角色去照顾他，我竟有些不适应。但是为了照顾兔牙我没有去参加召娣的婚礼，我觉得我已经做了巨大的牺牲。

这种心理在两个姑娘来看兔牙的时候被彻底放大。

两个姑娘其中一个是兔牙的高中同学，另外一个是陪练，专门壮胆。

后来陪练走了，我才问兔牙他的高中同学叫什么名字。

兔牙说："艾小青。"

我当时就有一种瞬间炮灰了的感觉，好像这么多年我都作为一个替代品存活在兔牙身边，而且仅仅是因为姓氏相同。

"哎哟，本家呢！"我说话的语调大概有些酸，那个叫艾小青的姑娘低头微笑不语。

过了好一会儿，她忽然对兔牙说："我给你削个苹果吧！"

兔牙连连摆手，说："不用，艾宝会给我削的。"

我远远地看着他们，说："我可不会削苹果。艾小青你来了可真是太好了，我完全不会照顾人，他躺床上都有两三天滴水未进了，要不你接个班，帮我照顾一下，我这还有点事，我先去忙了。"

艾小青这个人我摸不清底细，也不知道她此行的目的，但是此时我会这么做完全是因为我觉得如果我不立马从他们两个人面前滚蛋我就能用醋把我自己给淹死了。

兔牙说：“艾宝，我那衣服你还没给我洗呢，你不能走啊……”

艾小青将削好的苹果往兔牙嘴上一塞，说：“多大点事儿啊，我来！”

我更搞不清楚状况了，我冷冷地看着兔牙，然后就逃走了。

我其实不知道要去哪里，我在路上随便地走，想起了辛转和嬴久，这是我生命里为数不多的没有让我做炮灰的男人，然而一个我不喜欢，一个精神异常并且不在人世。

电话在我无聊溜达的时候响起，我以为是兔牙叫我回去，却是一个陌生的电话号码。

“艾宝吗？还记得我吗？”一个男人的声音，像是遥远的记忆里确实有这样的声音存在，可是一时间实在想不出是谁。

“我是艾宝，你是哪位？”

“我是夏季。”

夏季这两个字一下子把我整回忆程序都打乱了，我慌慌张张地从那些写着夏季的标签的记忆牌号里找出往日情节，慌张并不是因为久远或者我记得不清，仅仅是因为他曾是我勾搭哈悠的原因。

不错，他就是当初我真正暗恋的那个人，我为了他去勾搭哈悠，结果竟又掉进了另一个暗恋的陷阱。

我掐着手指算星象，难道射手座的人真的很花心吗？

“喂，艾宝？你不记得我了吗？”夏季看我半天没反应，又接着说。

“怎么会不记得？记得记得，我在你书包里放过癞蛤蟆，我在你文具盒里放过蟋蟀，还把小蝌蚪黏糊糊的都塞在你的脖子里，抢过你的橡皮，夺过你的铅笔……我对你做过的那些恶行，一件一件我都记在心里，很多年来，一直想有个机会跟你说对不起……”

“哈哈，你记性真好，不过那些事我也都记得呢，你看，现在我就找你算账来了。”夏季的话语里透漏出一种跟以前完全不同的感觉。

那时候不管我怎么欺负他，夏季永远是逆来顺受，不给老师打小报告，不告诉家长，如果有同学替他伸冤鸣不平，他也一概不会承认是我欺负他。如今他说起话来竟有了不同以往的自信。

“你怎么会有我的电话号码？”

“我在书店看见过你的书，书上你的照片我一下子就认出来了，后来我找了好几个同学帮忙，最后在哈悠那里找到你的电话。我这周末要去深圳，一起吃个饭好吗？”

我刚想说好的，忽然想到一个问题，问道：“等等，你先告诉我你结婚了没有，然后我再考虑要不要和你吃饭。”

“哈哈，没有。目前为止，还是单身。”

我立即答应了夏季。

我不想跟已婚的夏季一起吃饭是因为我想到现在兔牙跟前的那个姑娘，我不想做一个不知趣的或者被误会的第三者。而且现在我听见结婚这两个字就反感。

第二十二章 昨日已逝

我在回去之前给兔牙打了个电话，问艾小青同学是不是已经离开了。兔牙压着嗓子说：“她正在做饭，你赶快回来，你不回来她怎么离开？”

我觉得这个事有意思了，加上刚刚接到仍单身的夏季打来的电话，我对兔牙有些有恃无恐，我说：“那要不要我搬出来给她腾出半张床啊？”

“姑奶奶，你别闹了，我高烧刚退难道你想我继续烧起来啊？”

“那你告诉我你是不是因为我姓艾才和我在一起？”

“傻了吧？姓艾的姑娘多了去了，为什么偏偏会和你在一起？当然是因为你是姓艾的里面对我来说不同的一个！明白了没？”

我想了想，好像有点明白了。

艾小青做了一桌子的菜，结果就我和她两个人大眼瞪小眼地吃，兔牙说不舒服，压根不下床。

我从没想过我的人生课题里还有一章是关于和与自己的男朋友曾经有过暧昧关系的女同学同桌进餐的，而且她频频叫我夹菜的熟络劲让我觉得我才是一个多余的人。

终于，我忍不住了，对她说："艾小青同学，我想我必须提醒你一下，这里是我家，你不用跟我客气。"

艾小青很惊讶地看了我一眼，说："你已经当这里是你家了？"

我忽然意识到这个女孩一点也不简单，至少不比我简单。

"我们准备结婚了，这个他没告诉你吗？"

"哦，他有提到过。九年前他就跟我说了。"

"九年前？"

"嗯，九年前，我们还是高中同学，他明确地告诉我他以后会娶一个姓艾的姑娘，虽然很多年后我才明白他当时的意思，可是他身边已经有了另外一个姓艾的姑娘了。"

我真是后悔跟艾小青谈论这件事，完全是自找没趣。

不过我还是要保持风度知难而进。

"高中的小男生们都喜欢这样表白啦，不过后来他和其他的很多姑娘谈恋爱的时候肯定把姓艾这回事忘得一干二净了。"

艾小青一副崇拜的眼神看着我，说："你竟然知道他跟很多姑娘谈过恋爱？"

"不但知道，我还帮了他不少忙呢！"

"是不是最后都帮到分手了？"

"是他悟性太差，我作为军师问心无愧。"

艾小青啧啧赞叹，说："聪明！我当初要是有你一半聪明就不至于让他现在跟你在一起了。"

我把碗往下一放，脸色彻底冷了，问道："那你现在过来又是慰问又是做饭到底是想怎样？重修旧好还是重新开始？"

"这……两个有分别吗？"

"没分别！"

说完我起身进屋，看着一脸痛苦的兔牙，说："好了，你都听见了，现在你的旧爱找我寻仇来了，而且胜负已分，我走，她留，祝你春宵一刻值千金！”

“艾宝，你冷静点！你不要受他人挑唆好不好？”

“挑唆？那叫她进来你当她的面说这句话！”我指着门外对兔牙说。

兔牙一脸为难，说：“毕竟她是客人，我们才是一家人，拜托你分清楚好吗？她要来看我难道我说不行吗？”

“对啊，你就应该说不行啊，告诉她你女朋友不喜欢！如果不说就是你对她旧情未了！”

兔牙用手摸了下自己的额头，说：“完了，我又发烧了！”

“别装！就算病了也没人同情你。”

兔牙指了指床边的水杯，说：“倒杯水来行吗？”

我瞪着他，走过去倒了杯水递给他，他接过水杯的时候我明显觉得他的手心发烫。竟然真的又发烧了。

“好了好了，什么都别说了，先去医院再说。”

“不用去医院，吃片退烧药睡一觉就好了。不过，我想前提是你把艾小青弄走。”

“你招惹来的你自己处理！不过我发现你们男人可真绝情，人家好心好意来看你，你竟然只想赶人家走，怎么说曾经也相好一场。”我说这话的时候平白无故地就想起了哈悠。

“可千万别这么说，我可没跟她相好一场，说实话，我一开始是挺喜欢她的，后来发现她同时追班上的三个男生，当然，包括我，其中还有一个是我的好哥们，我从此以后就都离她远远的了，这一次真不知道她是怎么找到我的。她脑子不太好使，我不敢刺激她。”

“脑子不太好使？我看刚才跟我说话那劲，好使的很！我看是你舍不得吧？”

兔牙一听这话，拍着脑门苦不堪言的样子又出来了。

我默默地拿来了退烧药，给他吃下，然后默默地关门出来了。

艾小青刚好吃完饭，看见我出来了，眼睛瞄了一下我的手，说："怎么走了都不拿行李啊？"

我真没见过这样的姑娘，我简直以为她是在为了表演体验生活。

"因为我不知道你的行李在哪里。"我直接对她说。

"我的行李？"

"是啊，我要送你走啊！"

艾小青起身开始收拾碗筷，说："我没行李，就只有一个手提包，你放心，我洗完碗筷就离开。"

她这么一说，我其他的话都不好意思出口了。

她真的把碗筷都洗完，然后提起她的包就离开了。

我送她到门口，她转头看了我一眼，忽然说："对不起，我知道我来得很突兀，实际上我昨天刚刚离婚，就是纯粹想出来散散心，本来还想着也许能在老同学这里得到一点安慰，后来发现他都要结婚了，一时无聊，说了一些不该说的话，你不要见怪。"

我彻底不知道怎么接招了，这到底演的哪出跟哪出啊？

"再见！"直到她对我说再见，我才回过神来，于是我也对她说了句再见。

看着她的背影，我差一点就对她说你回来吧，在我们家多住几天，心情好了再走。

理智压制住了我的冲动，同情在此刻毫无意义，叫她回来只会让我和兔牙的关系走向毁灭，一个刚刚离婚的女人，她的威力可以拆散起码十对夫妻！

艾小青走了之后，兔牙的烧蹭蹭地就退了下去，看来是心火太旺。

看着兔牙的温度已经回归正常，我才跟他说了我即将要见夏季的事。

兔牙听见这个名字的时候一直乐呵呵地笑，说：“这个名字上学的时候一定吃了不少亏，下贱这个外号非他莫属啊！”

我又重新说了一下我和夏季之间的关系，我说：“他是我的小学同学也是我的初中同学，更是我第一个暗恋的男生，现在他依然单身，他约我周末吃饭，请问现在你弄清楚事情的重点了吗？”

兔牙正吃着白粥，忽然把筷子往下一放，一脸的不高兴，说：“那你想让我说什么，说恭喜你终于可以见到梦中情人而且他还单身，你的机会来了，说你去吧反正我会在家里等你，不见不散……艾宝，你不能这么欺负人！”

“艾小青才刚刚从这里离开，你不要腰板这么硬哦！”

“那么，我们现在是要互相揭短吗？”

“如果非要揭的话输的一定是你哦！”

兔牙无奈地低头继续喝粥，什么也不说了。

“喂！我刚才说的你一点意见也没有？”

我也不知道想要兔牙说什么意见，其实最主要就是看看在这件事上他会吃多大的醋，以此证明他有多在乎我。另外就是让他明白我艾宝还是有魅力的，以此增强他的压力感。

兔牙抬起头来对我笑，说：“我只有一点意见——一见面就要告诉他，你有未婚夫了！”

说完，兔牙忽然想起了什么，走进房间，摸索了半天，然后出来的时候手里拿着个小盒子。我一看就明白里面装着的是什么了。

“本来还想着来一场正式一点的求婚，然后给你戴上的，看来来不及了，后天就周末了，先戴上应急吧！”兔牙一边说一边打开小盒子把里面的戒指拿出来给我戴上。

我没有反抗，他将戒指套在我的无名指上的时候我忽然发现这些年兔牙几乎没有送过我什么礼物，类似于定情信物这种东西在我们之间似乎就是不存在的，如今他一送就送了枚要拴住我一生一世的戒指，仔细想想这个事我是不是有点吃亏？

“真好看！”兔牙看着我手上的戒指感慨道。

我也看了看，然后说：“还不错，最主要的是你竟然买的大小合适，不容易。”

“其实是我趁晚上你睡觉的时候拿线量了长度，后来我到了柜台给营业员看，我说这个手指的周长是这么长，营业员看了看，问我：‘你确定你量的是无名指而不是中指吗？’我说我确定，然后她用诡异的眼神看着我，我被看得浑身不舒服，最后对她说：‘我要娶的老婆是个货真价实的女人！她什么都好，就是无名指粗了一些。’她立即笑着说：‘没关系，我们这里什么尺寸都有！’所以，你看看，我为了买个戒指还得承受被人嘲笑的痛苦！这个戒指你是一定不能脱下来的！”兔牙声情并茂地给我讲他当日买戒指的情形，我哈哈大笑。

笑完我问他：“难道就因为你买个戒指被人嘲笑我就不能脱下来了？”

兔牙摇摇头，痛苦地说：“不是的，是因为如果你脱下来我就找不到合适它尺寸的无名指了！”

一不小心，又被兔牙耍了！

最后我只好咆哮说我就是手指粗有本事你不要娶我！兔牙一声不吭只知道喝他的白粥。

我已经有十年多没有和夏季见面，所以一见面的时候我们彼此都大吃一惊，十年的时光让我们都改变太多了，从容貌到内心，甚至我们的嗓音。经过青春期的变声以及后来烟酒的洗礼，我们说出的话听起来也完全不是当初的我们。

夏季的面貌变化不大，只是长高了不少，另外我不能接受的一点是他朝我笑的时候眼角竟然有许多皱纹。我简直不敢相信这是我曾暗恋并且多次梦见过的少年，他眼角的皱纹让我心中的记忆大打折扣。

“你和我想像的样子差不多。”夏季笑着说。

“我少年老成，所以这么多年过去了，我这张脸还是没怎么变。”我尽量开着玩笑，让我自己和夏季都轻松一些。

“你还是那样，坦率、幽默。我曾经设想过很多次我们再重逢你会对我做怎样的恶作剧，但是，我没想到……”他说着，看了看我手上的戒指，继续说，“竟然是在无名指上戴戒指！”

他说完这句话之后竟然用那种充满期待的眼神看着我，我感到心中的某处一下子被袭击了，但是我不得不告诉他，这次真的不是恶作剧。

他耸了一下肩，样子非常可爱，然后笑着说：“那真是遗憾，当然，是我的遗憾。”

“夏季，我们都是老同学了，可不要上演那种十年之后重逢男主角才告诉女主角他当年一直喜欢她的事实。”我用轻松的口吻对他说。

他笑了，点点头，说：“我刚刚正想上演这一幕呢！艾宝你太聪明了！”

我心里七上八下地乱跳，但是我还是镇定地假装开玩笑地说：“其实我还有更悲伤的结局。”

“是什么？”

“其实女主角当年也一直喜欢男主角。”

夏季愣了半秒，然后他皱着眉头说：“果然更悲伤。”

我微笑着，说：“因为我是写小说的。”

夏季的情绪从此时开始跌落下去，一直到吃完饭都没有再起来。

我忽然知道夏季为什么要出现了，他的出现其实就是为了让我人生圆满，起码要在嫁人之前圆满。我终于知道我的人生并不是注定了炮灰的命运。

夏季和我道别的时候那种眼神让我一下子就想到了“人生若只如初见”这种带着文艺小清新却真的可以在你心里砸出痛感的话。

我看着他的背影，猜他走到多少步会再回头，我在心里默默地想着五步，结果他在三步的时候就停下来，然后转身，对我说：“这么多年我一直希望能再遇见一个姑娘，她往我的包里塞奇怪的小动物，跟我抢可爱的小玩意，开心或者不开心的时候都欺负我……”

我抱歉地笑着，说：“我真没想到当年的恶行竟然给你造成这么大的心理创伤，以至于重口味到了这个程度。事实上，我以后再也没有欺负过别人，你是唯一的一个。”

他听完我的话，再一次跟我说再见，然后转身离开，没有再停下或者回头。

“喂，都走远了，你还看？”

我一转身，兔牙正站在我身后，浑身都散发着醋意。

“你竟然跟踪我？”

“没有，一个人无聊出来走走，正好走到这里，看见你们话别。其实，那小伙子长得还不错，虽然比我差了一些。当年你到底是怎么欺负人家的？让人家记恨你十多年，还大老远跑来找你算账？”兔牙眯着眼睛看着我，抱着双臂，假装满不在乎。

我走上前挽着他，说：“你看见了也好，免得以后跟我算账，我也说不清楚。”

“嗯，没看见就算了，看见了我可就记下了，你人生里竟然还有这么一个唯一的男人，太危险了！”

“那你的意思是还得我也欺负欺负你？”

兔牙看着我，一脸的理所当然。

我扑哧笑了，说：“那现在回去给我捏脚！”

兔牙一边走一边说：“捏脚我可不同意，我也得要点萌宠之类的可爱的小玩意。”

“……”

第二十三章 人生恰如一场逃婚

我和兔牙的婚礼定在秋天。

我对秋天是偏爱的，我愿意将生命里所有美好的事都放在秋天里。

给文青打电话通知她我要结婚的时候她的语气异常低落，我意识到她可能又出事了。

“如果你来不了也没有关系，不过是个形式。”我对文青说。

文青沉默了一会儿，说：“他说要跟我离婚，我最近有些乱，什么都做不了。”

“那你是怎么想的？”

“离什么离？他还欠我一场婚礼呢！”

文青这句“他还欠我一场婚礼”一下子把我的眼泪逼出来了。她也许是到了不知道还能怎样要求三子的时候了，心里最记挂的竟只是一场婚礼。

给文青打完电话之后我开始担忧我自己的婚礼，我害怕多年以后我和兔牙也会走到这样的境地，而那时候，我倒是连还欠一个婚礼的记挂也没有了。

夜半，我忽然坐了起来，摇了摇身边的兔牙，说：“我们不如不要结婚了，就这么过着不是也挺好的？”

兔牙迷迷糊糊地嗯着，过了好半天，他忽然坐了起来，摸摸我的额头，然后继续躺下睡觉，闭着眼睛说：“婚前恐惧了？没事，结完婚就好了，不过你可别想逃，两家的家长不会放过你的！”

我无奈地继续躺下睁着眼睛看着黑夜，不敢相信我就要嫁给兔牙了。但是如果人生非要结婚的话，兔牙也许是我最好的选择，他给过我最需要的理解和支持，他在我最孤单的时候陪在我身边，他还与我有难忘的共同回忆……这些也许会支撑我们以后的漫长岁月，让我们一直一起走下去。

我们的爱情并不伟大，却可以细水长流。这以后无边的平淡是个杀手，我们也许可以挺住。

可是，这世界诱惑如此之多，谁能用今天的人来看明天的事？

想来想去，我还是觉得不踏实。

睡不着的时候我开始给路粉粉召娣还有木子打电话，问她们婚后的生活感觉如何，她们给我的答案都是一样的：就那样呗！

我最后忽然想到给阿书打电话，虽然我之后非常后悔这一举动，但是已经来不及了。

阿书在电话那头异常忙碌，身边还有宝宝依依呀呀的声音，我非常惊讶。

“你都有孩子了？”我欣喜地说。

阿书哈哈笑笑，一边叫宝宝乖一边对我说：“震惊吧？还有更震惊的呢！我离婚了！”

我当时就一种触电之后一阵昏暗的颤抖感。

“可是你都有孩子了啊？”

“有孩子并不是要一起过下去的理由，相反的，有孩子恰恰是一定要离婚的原因！”阿书笑呵呵地说，“等到你有孩子你就明白了。

不过我现在挺好的，我觉得有孩子就够了，要男人干什么呢？要爱情干什么呢？全都是靠不住的！什么比自己的孩子还靠得住啊？”

“孩子他也未必靠得住啊……不对，现在根本不是讨论什么靠得住的事，可是，你怎么就离婚了呢？你这一离婚，让我这一个即将走进婚姻生活的人脑子顿时一片空白啊，我这到底该怎么办啊？”

阿书笑笑，说：“你要是有那勇气你就往火坑里跳呗，反正有的是机会出来！”

阿书这话真的让我本来就对结婚持怀疑的态度一下子变成了坚决不结婚了。

兔牙对这件事的解决办法是他自己坚决不多说一句话，全部交给了我的妈妈他未来的岳母。

我妈妈电话里将我从里到外地教训了个遍，说她和我爸还没谈过恋爱呢这大半辈子都过来了，以前都是父母之命媒妁之言呢一辈子照样安安稳稳，说现在自由了有爱了怎么就那么复杂了呢？

我听着这话也觉得在理，实际上我也不想让这事复杂了，所以我对老太太说我就是不想为了在一起去办个手续，还得请大家都来看热闹，然后最后万一不想在一起了，又得办个手续，就算不请，大家还是看了个热闹，我就是想在一起或者不在一起都简简单单的，都是我们两个人的事，跟其他的任何人都没有关系。

老太太大吼：“晚了！现在亲戚朋友都知道你要结婚了，现在跟我们还有亲戚朋友都有关系了。”

在我和老太太唇舌大战的三天里，她终于说了一句让我觉得可以采纳的话。

她说：“试试看，万一是能过一辈子的呢？如果实在不能，再分开也不会遗憾。”

我勉强答应愿意试试。

兔牙在知道我终于不再纠结于到底结婚不结婚这件事的时候表情一点兴奋的意味也没有，他说："我知道你会嫁给我的。"

我说："你不要太自信，我这两天正准备出门去散散心。"

兔牙大手一挥，相当大方，说"去吧，回来之后就安心做我的新娘。"

我拉着行李箱逃一样地离开广州，心中对前方的地点没有一点概念，我仅仅是为了从即将要结婚的事实里走出来，我完全没有把握能够应付得了婚姻这头怪兽，我内心里还一直在想着躲避。

火车上，接到召娣的电话，她乐呵呵地说："听说你逃婚了？"

"逃婚？没有，我还没那么大胆，我怕兔牙一人承受不了。"

"他都已经向大家表明你已经逃婚的事实了，你就承认了吧！"

我当时一下子没反应过来，问道："你说清楚点！到底怎么回事？"

"你这是装的还是真的？我刚才还跟我们家胖子夸你呢，说这种事你艾宝都做的出来，真是个人才，以前没发现你有这么大胆子啊？后来我仔细想想，我终于明白了，你这臭脾气纯粹就是被兔牙惯出来的！"召娣说话的时候还乐呵呵的，我仔细一想，要是兔牙真跟她宣布我逃婚了召娣不该是这表情啊，于是我说她骗我。

召娣砸吧着嘴，说："那这事到底是谁骗谁啊？是你骗兔牙然后兔牙再骗我们，还是就纯粹是我在骗你啊？等等，我糊涂了……"

这时候我的手机显示路粉粉的电话也打来了。

我对召娣说："你等会，粉粉来电话了，我先听一下。"

接听了路粉粉的电话，她上来就炸开了："艾宝你怎么回事啊？我这假都请好了准备趁着你结婚出去玩一趟的，你怎么就逃婚了？"

"兔牙也给你发信息了？"我吃惊地问。

"这么大的事当然要通知大家了，总不能举行一场没有新娘的婚礼吧？"

我当时条件反射地喊了一句"停车"，喊完之后才忽然意识到，这趟车根本不可能为我而停。耳朵里路粉粉的声音还没有消退，我的思绪却挣扎着行进到莫名的地方，害怕那些一旦出发就永不会停下的列车，害怕不能回头，害怕在失去的时候想挽回的心情，真是糟糕透了。

等到我再接到木子的电话时不等她说，我立即说："好吧，我承认，我逃婚了。"

木子恍然大悟地哦了一声，说："看来传说都是真的。"

"我也是刚刚知道，原来都是真的。"

木子被我说得迷糊了，问我是什么意思，我说没什么意思，我现在根本不知道这到底是什么意思，我在想我要不要给兔牙打个电话。

全世界都乱了，只有他一个人还在悠然自得。

兔牙竟然没有关机，我觉得他此时应该关掉手机和所有可以联系的设备，然后找一间可心的小店，怀里搂着两个漂亮的姑娘，嘴里含着薄荷糖，眯着眼享受生活的抚摸。

为什么是嘴里含着薄荷糖呢?

因为我最讨厌吃薄荷糖了，在我想像兔牙如此舒服的时刻，必须让他在得意之外还带着一点痛苦，那么，就让他吃薄荷糖吧！

"你什么意思？你告诉大家我逃婚了？那么现在是说婚礼取消了吗？"我问兔牙。

"没有啊，我只是通知大家婚礼是否能如期举行还得继续等通知，因为目前新娘艾宝有逃婚嫌疑。我只是说你有嫌疑，并没有说你已经逃婚了啊？"

"可是现在满世界的人都在找我，说我逃婚了，你怎么怎么能真么败坏我的名声？"

"你要搞清楚，首先，我并没有说你逃婚了，其次，就算你逃婚了你难道会觉得这件事对你的名声会有什么影响吗？你不是一直幻想着婚礼暂停然后你继续过你的逍遥自在的日子的吗？"

兔牙的话提醒了我，如果我真的逃婚成功了，婚礼真的不举行了，那么我应该是欢呼雀跃才对，哪里管这世界怎么看我，我觉得世界从来就没把我放在眼里，出现这么一点点小插曲，世界也不会就把我放在心上了。

于是我对兔牙说：“好吧，现在我正式通知你，嫌疑正式转化为事实，我不结婚了！”

“艾宝你可要想清楚了，我这后面可还有好多排队等着跟我结婚的呢，你不来，自然会有人来的！我不过就是在喜帖上改个名字而已。”

兔牙的语气听起来确实没有一点点紧张的成分。

我不知道是怎么结束通话的，挂电话之前兔牙的那句祝你一个人活得自在的话像是巨大的讽刺，没有谁一个人可以得到真正的自在，我们要的是舒服的陪伴，即使不结婚，依然不离不弃。可是如果不结婚，谁能做到不离不弃？

我在下一站下车，然后找了一间酒店，一个人在陌生的房间里睡得昏天暗地，整整二十四小时过去了，我终于感觉到因为长久的睡眠带来的骨骼松散的疲倦感，然后起床，洗漱，坐在房间里写了一篇短小的故事，写完之后又回忆起我和兔牙的曾经，一下子笑了。

你永远都不会知道，遇见谁就是自己的一生，除非在你意识到要失去那个人的时候。

我给兔牙发了条短信：“今天我就回来，婚礼如期举行。”

过了一会儿，兔牙回复我：“对不起，新的喜帖上新娘的名字已经改了。”

一年后。

2011 年的秋天，和记忆里几乎没有分别的老街，天色将黑，各种机动车驶过扬起的尘土飞扬在路边大排档里的每一份菜上。

我和召娣路粉粉还有文青坐在这街边一张小桌子上，桌子四面，每人一面，桌子中间摆着酒菜。

我们每人吃了一块菜，惊叹竟然和高中时一起吃过的一样，那种带着往事的味道的小菜，夹杂着回忆停留在唇齿间，真让人感叹。

“还没离呢？”我问文青，召娣和路粉粉也都沉默着等待答案。

“没。再看看吧。”文青满不在乎地说。

然后我们三个就都沉默，对于这个话题，我们都已经不像当初那样咄咄逼人。

“我们有好几年没聚了吧？”路粉粉问。

“三年多了。”召娣说。

“这次相聚之后不知道是不是又要三年多。”我端起碗里的酒，敬大家，也敬我们共同走过的时光。

如今，校花路粉粉已经在婆媳斗争中成长为一名新时代的女战斗英雄，哲人召娣也早已安于命中注定嫁给胖子的事实，高傲冷淡的文青正在试图为了孩子放弃自己一生的幸福。此时她们都在我眼前，想起那些狼心狗肺的岁月，今天的一切就像童话里出现的大灰狼，只要你没有识破，他就永远是和蔼的外婆。

“艾宝，你打算什么时候结婚？”她们忽然问起这个话题。

我笑笑，说：“还是秋天。”

“这个秋天？”

“是的。”

“和谁？”

“还是兔牙！”

“真折腾，到最后还是他当初干吗逃？”召娣说。

“不逃怎么能知道到最后还是他？”我说。

“不是他后来和别人结婚了吗？你怎么反败为胜的？”路粉粉问道。

我想了想，说：“他没有结婚，既然跟我喜帖能作废，跟别人的喜帖也能作废。这一年来，我们把以前的路又走了一遍。”

“真有情调。”文青插了一句。

我解释说：“不是去走以前走过的路，而是像以前一样，他追姑娘，我帮忙参谋，最后他还是觉得就直接跟我在一起比较简单。”

召娣不太相信地看着我，说：“这一次不会出差错了？”

我摇摇头：“绝不会了！”

这时候路粉粉的手机响了，她看了一眼之后奇怪地看着我，紧接着，召娣的手机也响了，然后她也奇怪地看着我。

“怎么了？”我问。

“刚刚收到兔牙发来的消息，说艾宝又逃婚了！”召娣和路粉粉说。

我一口酒全喷了出来，说：“那这可怎么办啊？”

“这个他也说了，凡是见到艾宝的人，请帮忙把艾宝押送回去。”召娣和路粉粉说着就起身准备抓我，文青一看也赶紧站起来帮忙。

“你们这是干什么啊？”我站起来就跑。

她们三个跟着就追了上来：“没逃婚你现在跑什么啊？”

“你们不要抓我我就不跑！”

“你不跑我们就不抓了！”

……

跑出一小段之后，听见身后一个大妈的声音：“都给我站住！”

我们转头一看，围着围裙的大妈手里还举着勺子朝着我们就追过来了，我们四个站住不动了，大妈气喘吁吁地跑到我们面前，手一伸，说：“给钱！喝了我的酒吃了我的菜还想跑？”